新潮文庫

にんじん

ジュール・ルナール
高野 優訳

新潮社版

9791

目次

装画・挿絵　F・ヴァロットン

にんじん

ファンテックとバイイに

にわとり小屋

（ルピック家では、夕方になると、家政婦のオノリーヌがにわとり小屋の扉を閉めることになっている）


ある晩のこと、お母さんが窓から外を見て言った。

「あら、にわとり小屋の扉があいているわ。きっとオノリーヌが閉めわすれたのね」

確かに、真っ暗な夜のなかで、広い中庭の奥にあるにわとり小屋の四角い扉が、そこだけさらに黒く、小屋から飛びだすようにして開いている。

「フェリックス、お願いだから閉めてきてちょうだい」

三人の子供のうち、いちばん年上のお兄さんに、お母さんは言った。

「やだよ。にわとり小屋の扉を閉めるのは、ぼくの役目じゃないもん」真っ青な顔をしてお兄さんは答えた。怠《なま》け者のうえに臆病者《おくびょうもの》なのだ。

「じゃあ、エルネスティーヌ」お母さんは今度は二番目のお姉さんのほうを向いて言った。

「嫌よ、ママ。だって、怖いもの」

そうやって、ほとんど顔もあげないまま、お母さんに返事をすると、お兄さんとお姉さんはテーブルの上に肘《ひじ》をつき、おでことおでこをくっつけるようにして、また本を読みはじめた。いかにも本に夢中になっているように……。

と、お母さんが言った。

「あら、私ったら、なんて馬鹿《ばか》なのかしら。にんじんを忘れていたわ。にんじん、あなたが行って閉めてらっしゃい！」

にんじんというのは、三番目の男の子だ。髪の毛が赤くて、そばかすだらけなので、みんなからそう呼ばれている。このあだなをつけたのはお母さんだ。

お母さんに言われると、遊び道具もなく、テーブルの下で遊んでいたにんじんは、しかたなく立ちあがった。おずおずと言う。

「でも、ママ、ぼくだって、怖いよ」

「怖いですって！　もうそんなに大きくなったというのに……。馬鹿なことを言ってないで、早く行ってらっしゃい」

すると、お姉さんのエルネスティーヌが横から口をはさんだ。

「大丈夫よね。にんじんは牡山羊《おやぎ》のように勇気があるもの」

「そうだよ。怖いものなんて、ひとつもないんだから。怖い人だっていないし……」

お兄さんも言った。

そう言われると、にんじんはちょっぴり誇らしい気持ちになって、こう思った。

〈お兄ちゃんやお姉ちゃんの言葉を裏切ってはいけない。そんなのは恥ずかしいことだ。もっと勇気をしぼりだして、臆病な気持ちと戦わなくっちゃ……〉だが、そこで勇気をしぼりだす必要はなかった。すぐに行かないと痛い思いをするわよと、お母さんに言われたからだ。

「うん、行くよ。でも、誰か明かりで庭を照らしてくれると、嬉《うれ》しいな……」

お母さんはその言葉に答えてくれなかった。お兄さんは馬鹿にしたような顔でニヤニヤ笑っている。ただ、お姉さんだけはかわいそうに思ったのか、ろうそくを持って廊下の端までついてきてくれた。

「ここで待ってるわね」お姉さんは言った。

でも、突風が吹いてろうそくの炎がゆらぎ、ふっと消えてしまうと、あわててお母さんたちがいる部屋のほうに逃げていってしまった。

にんじんは、しばらく闇《やみ》のなかに突っ立っていた。怖くて手足がぶるぶる震えてくる。あたりは真っ暗で、目が見えなくなったのかと思った。時々、風が吹きつけて、冷たいシーツのように身体《からだ》を包む。両手に息を吹きかけながら、にんじんは思った。〈キツネがやってきて、ぼくの手に息を吹きかけたりしたらどうしよう？　オオカミがやってきて生温かい息を頰に吹きかけたとしたら……〉もちろん、そんなのは嫌だった。そうなったら、にわとり小屋を目指して、ただひたすら駆けていくしかない。おおよその方角の見当をつけると、頭から先に闇を突きやぶるようにして、にんじんは一目散に駆けていった。手さぐりで扉の掛け金をつかむ。足音に驚いて、にわとりたちが騒ぎだした。止まり木の上でコケッコ、コケッコと鳴きはじめる。にんじんは叫んだ。

「黙れ！　黙れったら！　ぼくだよ」

そうして扉を閉めて掛け金をかけると、足に羽が生えたように、急いで家に戻ってきた。明るく、暖かい部屋のなかに、息を切らしながら、でも、誇らしい気持ちで……。まるで雨と泥に汚れたぼろ着を真新しいふわふわの服に着替えたような気分だった。にんじんはにこやかな笑みを浮かべながら、胸を張って家族の前に立った。〈もう安心だ。パパもママもまだ心配していることだろう。ぼくの顔を見たらほっとして、きっとほめてくれるにちがいない〉そう思って……。〈もちろん、お兄ちゃんやお姉ちゃんだって……〉

けれども、お兄さんやお姉さんは顔もあげずに本を読みつづけていた。お母さんが言った。

「明日からは、にんじん、あなたが毎晩、にわとり小屋の扉を閉めにいくことにしましょう」

ヤマウズラ

ある時、お父さんがいつものように狩りの獲物をテーブルの上に広げた。二羽のヤマウズラだ。すると、お兄さんのフェリックスが「ヤマウズラ、二羽」と台所の石板に狩りの成果を記した。それはお兄さんの役目だ。お姉さんのエルネスティーヌの役目は獲物の羽根をむしること。子供たちはみんな役目を持っているのだ。にんじんの役目は、まだ生きていて苦しそうにしている獲物の息の根を完全に止めることだ。にんじんは一家の誰からも、残酷な性格だと思われている。そのせいで、この特別な役目を任されているのだ。

ヤマウズラは二羽ともまだじたばたして、喉《のど》をぴくぴくいわせていた。

「どうしたの？　早く絞めておしまいなさい」お母さんが言った。

「ねえ、ママ、ぼくは石板に狩りの成果を書く役目がいいな」

「だめよ。石板の位置が高すぎて、あなたには届かないもの」

「じゃあ、羽根をむしる役目は？」

「それは男のする仕事じゃないわ」

にんじんはしかたなく、二羽のヤマウズラを手にとった。

「そこよ。よくわかっているでしょう？　首の、そこの羽根がさかだっているところをぎゅっとやるのよ」脇《わき》から声がかかる。

死ぬところが見えないように、にんじんは手をうしろに回し、両手に握ったヤマウズラの首を絞めた。

「おい、おい、二羽いっぺんにやるつもりか。なんていうやつだ」お父さんが言った。

「そのほうが早くすむもの」

「あなたの神経はそんなに細くないでしょう？」お母さんが言った。「わざとらしいことをするんじゃないの。心のなかでは、喜んでいるくせに……」

ヤマウズラは身体《からだ》をぶるぶる震わせ、翼をばたばたいわせて羽根をまきちらしながら、必死で抵抗していた。〈絶対に死にたくないんだ〉にんじんは思った。これなら、学校の友達の首を片手で絞めるほうがよっぽど簡単だ。にんじんはヤマウズラたちが逃げないように、両膝《ひざ》の間にしっかり固定して、指に力をこめた。苦しんでいるのが見えないように、顔は上に向ける。力を入れたのと、怖いせいで、赤くなったり青くなったりした。身体じゅう、汗でびっしょりだ。

でも、ヤマウズラはまだ死んでくれなかった。

にんじんはとうとうやけになって、ヤマウズラの脚をつかむと、鳥たちの頭を思いきり、靴の先に叩《たた》きつけた。

「残酷だ！　やっぱり残酷だ！」お兄さんとお姉さんがはやしたてた。

「どうやったら残酷に殺せるか、きっと研究したんでしょうね」お母さんが言った。

「かわいそうに……。私がヤマウズラだったらと思うとぞっとするわ。こんな残忍な子供の手にかかるなんて……」

お父さんは狩りで動物を殺すのに慣れている。でも、そのお父さんも、にんじんのしたことを見て、顔をしかめて出ていった。

「終わったよ」にんじんはようやくのことで死んだヤマウズラを二羽、テーブルの上に放りだした。

すると、お母さんが一羽ずつ、ひっくり返して、状態を確かめた。ヤマウズラは両方とも頭がつぶれ、血まみれになっていた。脳味噌《のうみそ》も少し出ている。

「あーあ」お母さんがため息をついた。「こんなにされる前にもっと早くこの子の手から取りあげていればよかったわ。これじゃ使いものにならないじゃないの」

その言葉にお兄さんも言った。

「うん、いつもより下手なのは確かだな」

犬

お父さんはランプの下でテーブルに肘《ひじ》をつき、新聞を眺めていた。その横ではやっぱり肘をつきながら、お姉さんが学校の特賞でもらった本を読んでいた。お母さんは編み物をしている。お兄さんは暖炉の火で足をあぶっていた。にんじんは床に直接座って、今日一日にあったことを思い返していた。

すると、玄関マットの下にもぐりこんで眠っていた犬のピラムが、急に唸《うな》り声をあげた。

「しっ」お父さんが言った。

けれども、ピラムは唸るのをやめない。それどころか、もっと強く唸りだした。

「まったく馬鹿《ばか》な犬だわ」お母さんが言った。

と、ピラムがマットから出て、激しく吠《ほ》えだした。それがあまりにも突然だったので、みんなはびっくりした。お母さんは心臓を押さえている。お父さんは怒ったように犬を睨《にら》みつけた。それから、お兄さんがどなりだしたので、犬の声とお兄さんの声で部屋のなかはやかましくなった。

「こらっ！　ピラム！　静かにしろ！　うるさいぞ！　この馬鹿たれが！」

それを聞くと、ピラムはいっそう吠えだした。お母さんはピラムの尻《しり》を叩《たた》いた。お父さんは丸めた新聞でピラムの頭を殴り、それからおなかを蹴《け》りあげた。ピラムは殴られたり蹴られたりするのが嫌で、おなかをマットにぴったりとつけ、頭をさげた。それでも激しく吠えたてる。吠える時に顎《あご》がマットにぶつかるせいで、声は割れたように響《ひび》いた。

ピラムがまったくいうことをきかないので、お父さんとお母さんは怒りくるった。お兄さんとお姉さんも頭にきている。みんなは立ちあがって、ピラムを叩きにいった。窓ガラスがびりびり震えて、ストーブの煙突がかたかたと揺れた。しまいにはお姉さんが泣きだした。

「ぼく、ちょっと外の様子を見てくるよ」にんじんは誰にも言われないうちに、扉のノブに手をかけた。いつものことだ。「ピラムが吠えるのは、たぶん帰りが遅くなった労働者が家の前を通ったせいだよ。いくら静かに歩いたって、犬の耳にはよく聞こえるからね。でも、もしかしたら、泥棒が塀《へい》を乗り越えて、庭に入ってきたのかもしれないな。やっぱり、ぼくが見てこなくっちゃ」

そうつぶやくように言うと、にんじんは真っ暗な廊下を歩きはじめた。玄関の扉に向かって、まっすぐに腕を伸ばして……。そして、扉のところまで来ると、閂《かんぬき》をぎしぎしいわせながら、横にずらした。でも、扉はあけなかった。

以前はちゃんと外に出たのだ。ちゃんと外に出て、口笛を吹いたり、歌をうたったり、足を踏みならしたりして、もし泥棒が入ってきたのだとしたら、相手をびっくりさせて追い払おうと考えていた。

でも、今はもうそんなことはしない。ずるをするのだ。

〈パパやママは、きっとぼくがまじめな警備員のように、勇敢にも家のまわりをきちんと回って、泥棒が入った形跡がないかどうか確かめていると思っているだろう。本当は扉の陰に身をひそめているだけなのに……〉にんじんは考えた。

こんなことをしていたら、いつかは見つかってしまうにちがいない。でも、今のところはこのやり方でうまくいっていた。

心配なのはくしゃみをしたり、咳《せき》をすることだけだ。にんじんは息を殺して、空を見あげた。扉の上には小さな窓があって、そこから小さな星が三つか四つ見える。星の輝きがあまりに清らかなので、にんじんはずるをしていることを責められているような気がした。

でも、いつまでもそうしているわけにもいかない。部屋に戻らなくては……。見回りの時間が長くなりすぎてもいけないのだ。そんなことをしたら、本当は外に出ていなかったんじゃないかと疑われてしまう。

にんじんはその細い腕で、釘《くぎ》がさびついた重たい門を力いっぱい押して、元の位置に戻した。門はまたぎしぎしと音をたてた。〈この音を聞けば、パパやママはぼくがきちんと見回りをすませて、遠くから戻ってきたと思うにちがいない〉そう心のなかでつぶやくと、背中のくぼみにむず痒《がゆ》さを感じながら、にんじんは廊下を走って部屋に戻った。「泥棒なんていなかった」と家族を安心させるために……。

けれども、にんじんがいない間に、犬は吠えるのをやめ、家族はそこからまったく動かなかったように元の位置に戻って、静かに編み物をしたり、新聞や本を読んだりしていた。「どうだった？」とにんじんに尋ねようともしない。それでも、にんじんはいつものように言った。

「大丈夫だよ。誰もいなかったからね。きっとピラムが夢でも見て、寝ぼけて吠えたんだよ」

悪夢

にんじんは家にお客が来るのが嫌いだった。お客が来ると家に泊まるから、ベッドを明けわたさなければならなくなるからだ。そうして、お母さんのベッドで寝なければならなくなる。そんな時、にんじんは、〈ぼくは昼間だっていい子じゃないのに、夜もまた悪い子になる〉そう考えて、悲しくなる。いびきをかいて、お母さんを起こしてしまうからだ。「わざとかいているんでしょう」って言われるくらいに……。

家でいちばん大きな寝室は八月でも寒かった。ベッドはふたつあって、ひとつはお父さんの、もうひとつはお母さんのだ。お母さんの脇《わき》で、にんじんはなるべく壁に寄って眠った。

その日も家にお客があったので、にんじんはお母さんと一緒に寝た。寝る前に毛布を頭からかぶって、咳《せき》をしてみる。痰《たん》を切って、いびきをかかないようにするためだ。〈でも、あれ？　いびきは喉《のど》じゃなくて、鼻でかくんじゃなかったっけ？〉そう思って、にんじんは静かに鼻から息を吸ってみて、鼻がつまっていないことを確かめた。それから、息を吸う時に鼻が鳴らないように、しばらくの間、練習した。

でも、眠りについたとたん、やっぱりかいてしまったのだ。いびきを……。何があってもかかずにはいられないとでもいうように……。

それがわかったのはお母さんにお尻《しり》を思いきりつねられたからだ。お尻のいちばんやわらかいところに爪《つめ》をたてて、血が出るくらい……。にんじんがいびきをかくと、お母さんはいつもそうするのだ。

にんじんは痛くて、悲鳴をあげた。と、その声でお父さんが目を覚ました。

「どうしたんだ？」にんじんに尋ねる。

「また悪い夢を見たんですよ」お母さんが答えた。

それから、お母さんは赤ちゃんにするように子守歌をうたってくれた。これもいつものことだ。その歌はインドかどこかの歌のように聞こえた。

それでも、にんじんはおでこと膝《ひざ》を思いきり、壁に押しつけた。壁を壊すくらいに強く……。両手の掌《てのひら》をぴったりお尻につけることも忘れない。眠ってしまっていびきをかいたら、またお尻をつねられるに決まっているからだ。けれども、すぐにまた眠気がおそってくる。にんじんは大きなベッドのなかでうつらうつらしはじめた。お母さんの脇で、なるべく壁に寄って……。

人には言えないこと

あまり人に言うような話でも、また言えるような話でもないが、にんじんは大きくなってもまだ赤ちゃんのようにシーツを汚していた。ほかの子が聖体拝領《せいたいはいりょう》を受けて、身も心も清らかになる年になっても……。

ある夜のこと、その日もやはりにんじんはおしっこをしたいと言えないまま、我慢をしすぎて粗相《そそう》をしてしまった。身体《からだ》をよじって我慢していれば、なんとかなると思ったのだ。なるわけがないのに！

また、ある夜は用心のため戸外に出て、家の近くの境界石《きょうかいせき》に向かって気持ちよくしている夢を見た。けれども実際にしたのはシーツの上で、何も知らずにぐっすり眠ったあと、目を覚ましてびっくりした。ついさっきまで目の前にあったはずの境界石がなかったのだ！

お母さんは怒らなかった。優しい顔で、ひと言も小言を言わず、いかにも母親らしく、おしっこのたまったシーツを片づけてくれた。それが夜中のことで、朝になると、子供を甘やかす親がよくするように、にんじんのベッドまで朝食を運んできてくれた。そうなのだ。ベッドにスープを運んできてくれたのだ。特製のスープを……。にんじんは知らなかったが、そのスープには昨日のあれが、もちろん、ほんのちょっぴりだけれど、シーツにたまったやつをお母さんが取っておいたものが入れてあった。お母さんはあれをスープに入れると、木のへらで念入りにかきまわしてきたのだ。ベッドの枕元《まくらもと》にはすでにお兄さんのフェリックスとお姉さんのエルネスティーヌがやってきて、意地悪そうな目つきでにんじんを見つめていた。お母さんから本当のことを知らされて、にんじんが顔をしかめたら大笑いしようと待ちかまえているのだ。にんじんは、それも知らない。お母さんはひと匙《さじ》、またひと匙とにんじんの口にスープを運んでやる。それから、目配せをして、お兄さんとお姉さんに合図をする。それはこう言っているように見えた。

「準備はいい？　よく見ておくのよ」

「うん、ママ」

　お兄さんとお姉さんは目を輝かせた。にんじんがどんなふうに顔をしかめるかと、今から楽しみでしかたがないのだ。こんな面白い光景なら、近所の人たちにも見せたいくらいだ。お母さんが「さあ、始めるわよ」とでもいうように、お兄さんとお姉さんを見た。それから、ゆっくりと、ゆっくりと最後のひと匙をにんじんの口元まで運び、匙を喉《のど》まで押しこんで、中身を流しいれるように、一滴残らずにんじんに飲ませた。にんじんに向かって、こう言いながら……。

「ほんとに汚らしい子ね。我が子ながら、嫌になっちゃうわ。いいこと？　あなたは飲んだのよ。自分のしたものを……。昨日のものを……」

　にんじんはこう答えた。

「うん、たぶん、そうじゃないかなって思ったよ」

　でも、お兄さんとお姉さんが期待したようには、顔をしかめなかった。こういうことには慣れてしまったのだ。一度、慣れてしまったら、世の中にはひどいと感じなければいけないことなんか、ひとつもないのだ。

尿瓶《しびん》

I

ベッドで失敗することが何度もあったので、にんじんは毎日、用心はしていた。夏は簡単だった。夜の九時頃にお母さんから寝にいけと言われたら、戸外をひとまわり散歩して、中身を空っぽにしてくればいいのだ。そうすれば、安心して夜を過ごすことができる。

でも、冬は辛《つら》い。もちろん、夜になってにわとり小屋を閉めにいく時に、最初の用心はしておく。でも、そこで一回、やっておいたからと言って、朝までもつとは思えない。夕食を食べて、食後のひとときを過ごし、時計が九時を打つ頃には、夜になってからもうずいぶん時間がたっている。そして、夜はまだそれから果てしなく続くのだ。用心のためには、もう一度しておかなければならない。でも、冬は……。

その夜も、いつものように、にんじんは自分に訊《き》いてみた。

〈したいかな？　したくないかな？〉

いつもなら、たいていは答えは「したい」だ。もうどうしようもなく我慢できなくなっているか、月が明るくて外に出ても怖くないので、「したい」と答えても問題がないからだ。運がよければ、お父さんやお兄さんのあとについて行けることもある。それに、外に出るといっても、家からそれほど離れなければいけないということもない。切羽つまっている時に、わざわざ畑の真ん中まで行って、小道の溝にすることはないのだ。家の外階段の下ですませてしまうことだってできる。時と場合によるけれど、そうすることも多い。

けれども、今夜は激しい雨が窓ガラスを叩《たた》いていた。風は星の明かりを吹き消してしまった。野原では胡桃《くるみ》の木が荒れくるっている。

〈大丈夫そうだ〉長いこと考えたあと、にんじんは心のなかで決断をくだした。〈今夜はしたくない〉

それから、みんなにおやすみを言うと、ろうそくに火をつけ、廊下の端の右側にある自分の寝室に戻った。寝室はほかの部屋から離れていて、ベッドのほかは何もない。にんじんは服を脱ぐと、ベッドに横になって、お母さんが来るのを待った。お母さんは部屋に入ってくると、シーツの裾《すそ》をマットの下に乱暴に押しこみ、にんじんを毛布にくるんだ。それから、ろうそくの火を吹き消して、そのまま出ていってしまった。ろうそくは置いていったが、マッチは残さない。にんじんが怖がるからという理由で、部屋にも外から鍵《かぎ》をかけた。にんじんはひとりになって、まずは喜びを味わった。暗いところで考えごとをするのが好きだったからだ。それから、今日一日のことを思い返して、何度も危ないことになりそうだったのをなんとか切り抜けられてよかったと思った。〈明日も同じだといいんだけど……〉にんじんは心のなかでつぶやいた。そうなったら、二日続けて、お母さんの厳しい目をまぬかれたことになる。〈本当にそうなればいいな〉そんなことを考えながら、にんじんは眠りにつこうとした。

けれども、目を閉じた瞬間、おなかの下あたりがむずむずしてきた。

「いつものやつが来ちゃったよ」にんじんは声に出して、自分に話しかけた。

こんな時、お兄さんやお姉さんだったら、ベッドから起きあがって尿瓶にするだけだ。でも、にんじんはベッドの下に尿瓶がないことを知っていた。お母さんは「今日こそは置いておくわ」と約束してくれるのに、いつでも忘れてしまうのだ。〈でも、ママが忘れちゃうのも無理はない〉にんじんは思った。〈ぼくは毎日、おねしょをしないようにちゃんと用心しているはずなんだから……本当なら、尿瓶なんてなくてもかまわないはずなんだ〉

にんじんは目をあけて、ベッドに寝たまま考えはじめた。〈このまま寝ちゃっても大丈夫かな?〉自分に訊く。〈でも、いくら我慢して起きていたって、我慢すればするほど、おしっこはたまっていっちゃうだけだ。反対に今すぐ寝ちゃえば、たとえ出たとしてもほんのちょっとのはずだから、シーツもほんのちょっとしか濡《ぬ》れなくて、寝ている間に体温で乾くはずだ。ママには絶対に気づかれないよ。前にもそんなことがあったもの〉

そう屁理屈《へりくつ》をこねて自分を納得させると、にんじんは目を閉じて、安心して眠りについた。

2

それからどのくらいたったろう、にんじんは、はっとして目を覚ました。おなかの下のむずむずが強まっている。〈ああ、大変だ。どうしよう?　寝る前は今日一日、何度も危ないところを切り抜けたと思って喜んでいたのに……。明日も大丈夫だろうと……。そんな幸運がいつまでも続くはずはなかったんだ。昨日の夜、外に出るのを怠けたからいけなかったんだ。これはその罰なんだ〉

ベッドに座って、にんじんはどうしようかと考えた。部屋の扉は鍵で閉まっている。窓には格子《こうし》がはまっている。外に出ることはできない。

それでも、にんじんは立ちあがって、ドアがあかないか、窓の格子がはずせないか、確かめてみた。それから四《よ》つん這《ば》いになって、ベッドの下を手探りしてみた。もちろん、尿瓶が置いてあるはずはない。それはわかっていた。やっぱり、尿瓶はなかった。にんじんはベッドに横になった。それからすぐに立ちあがった。歩いたり、足踏みをしたりしてでも、ともかく動いていたほうがいい。今にも破裂しそうなおなかの下をふたつの拳《こぶし》でぎゅっと押さえて、眠りにつくよりは……。

「ママ、ママ」にんじんは小さな声で言った。

声を大きくしなかったのは、お母さんに聞こえないようにするためだ。もし声が聞こえてお母さんがやってきたら、外には出られるかもしれないけれど、なんでもないことに大騒ぎして、お母さんをつまらないことで呼びつけたことになる。お母さんは馬鹿《ばか》にされたと言って怒るだろう。それでも小さな声で言ったのは、明日の朝、「ママのこと呼んだよ」と言いわけする時に、嘘《うそ》をつきたくなかったからだ。

それに今の状態では大きな声は出せない。悲劇が起こるのを遅らせるために、身体《からだ》じゅうの力を全部使っているからだ。ここで大声を出したりしたら……。そのうちに、猛烈な波がやってきて、にんじんは踊りだした。壁に思いきりぶつかって、反動ではね返る。ベッドの鉄枠に頭をぶつける。椅子《いす》に体当たりをくらわせ、暖炉に飛びかかる。そして、とうとう暖炉の前板を乱暴にあげると、もうそれ以上は持ちこたえることができず、顔をゆがませ、屈辱感にさいなまれながら、けれども、これ以上はないという幸せな気持ちで、暖炉の前に置いてある二台の薪《まき》台の間から、中身を放出した。

終わった瞬間、部屋の闇《やみ》が濃くなったような気がした。

3

そのあとは夜明け近くまで眠れず、ようやく眠ったと思ったら、寝坊をしてお母さんに起こされた。部屋に入ると、お母さんはわざとのように鼻をくんくんさせて顔をしかめた。

「おかしな臭《にお》いがするわ」

「おはよう、ママ」にんじんは言った。

お母さんは毛布をはぎ、シーツが濡れていないのを確かめると、部屋じゅうを嗅《か》ぎまわった。見つかるのは時間の問題だった。

「昨日は気分が悪くて外に出られなかったんだ。尿瓶もなかったしね」にんじんはあわてて言いわけした。「そこにするのがいちばんいいと思ったんだ」

「尿瓶がなかったですって！　嘘をつくんじゃありません」

そう言うと、お母さんは部屋から出ていって、背中に何かを隠して持ってきた。にんじんにはわからなかったが、それは尿瓶だった。お母さんは尿瓶をこっそりベッドの下に入れると、暖炉のほうを向いていたにんじんを小突いた。それから、家族のみんなを集めてきた。

「ああ、神さま、こんな子供を授かるなんて、私は神さまにどんなひどいことをしたっていうんでしょう」

みんなの前でそう嘆くと、お母さんはぞうきんと水の入ったバケツを持ってきて、まるで火事を消そうとでもするみたいに、暖炉を水びたしにした。マットを叩き、シーツや毛布をばたばたとふるって、「この忙しいのに、なんでこんなことをしなけりゃならないのかしら」と不満をぶちまける。それから、「ああ、窓をあけてちょうだい、臭くてたまらないわ、窓を！」と聞こえよがしに言って、にんじんに小言を浴びせかけた。

「ほんとに情けない子ね。あなたには考えってもんがないのかしら。それじゃあ人間とは言えないわ。動物よ！　いいえ、動物以下だわ。ベッドの下の尿瓶を見れば、動物だってそれを使うでしょうから。それなのに、あなたは暖炉にしちゃうことを思いつくんだから……。あなたのおかげで、私は頭がどうにかなりそうよ。頭がおかしくなって、おかしくなって、おかしくなったまま死んじゃいそうだわ！」

その間、にんじんはシャツ姿で裸足《はだし》のまま、ベッドの下の尿瓶を見つめていた。白くて、空っぽの尿瓶を……。昨日の夜はなかったのに……。今はここにある。その尿瓶のほかは何も目に入らない。頭のなかが真っ白になった。そこから目を離すことは絶対にできそうになかった。

そのうちに、お母さんの叫び声を聞きつけて、近所の人たちが集まってきた。一家にとってはあまりきまりのよいものではないが、来てしまったのだからしかたがない。ちょうど配達にやってきた郵便屋さんもいる。人々はにんじんに向かって、何があったのかうるさく尋ねた。

「わからないよ。何があったかなんて」尿瓶を見つめながら、にんじんは答えた。「わかったら、ぼくに教えてよ」

うさぎ小屋

「あなたの分のメロンはありませんよ」昼食の時に、お母さんが言った。「私と同じで、あなたはメロンが嫌いだから……」

そう言われて、にんじんは、〈そうか、ぼくはメロンが嫌いだったんだ〉と思った。

何が好きで、何が嫌いかはお母さんが決めてくれる。たいていは、お母さんの好きなものが自分の好きなものだ。それ以外のものは、好きになってはいけないことになっている。

だから、チーズが出た時も、

「にんじんは食べないわ。チーズが嫌いだから……。ええ、まちがいないわ」

とお母さんに言われたので、

〈それなら試してみることはない。ママがまちがいないと言うなら、まちがいない。ぼくはチーズが嫌いなんだ〉と考えた。

だいたい、試してみたりなんてしたら、あとでどんなひどい目にあうかわからないのだ。といっても、メロンは嫌いなはずなのに、ひとりでいると急に好き嫌いが治って、おいしく食べることもできるようになる。今日もきっとそうなるだろう。そう考えていると、デザートが終わったあとで、お母さんが言った。

「さあ、このメロンの皮をうさぎたちに持っていらっしゃい！」

にんじんはお皿を水平に保って汁をこぼさないように気をつけながら、家族が食べたメロンの皮をそろそろとうさぎ小屋に運んでいった。

小屋に入ると、うさぎたちは長い耳をぴくぴくと動かし、鼻を上に向けて、太鼓でも叩《たた》くように前脚をぱたぱたさせて、にんじんのまわりに集まってきた。

「まあ、待てよ。待てったら。いつものように山分けだ」

そう言って、にんじんはキャベツの芯《しん》や根っこまでかじったキオンの茎、アオイの葉、それにうさぎの糞《ふん》でいっぱいになった一角に腰をおろした。それから、うさぎたちにメロンの種をやると、自分は汁を飲んだ。汁は甘くて、上等のワインのようにおいしかった。

その次に、にんじんは家族が食べ残した甘くて黄色い部分を歯でかじりとった。まだとろけるようにおいしい部分が皮に残っていたのだ。黄色い部分がすっかりなくなると、にんじんは薄くなった緑の皮をまわりを取り囲んでいるうさぎたちの後ろに放ってやった。

うさぎ小屋の扉はしっかり閉めてある。そのままごろんと横になると、お日さまの光が屋根にあいた小さな穴からたくさん差しこんできて、冷たい薄暗がりを明るく照らしてくれた。

つるはし

お兄さんのフェリックスと畑仕事をしていた時のことだ。ふたりはつるはしを手に、並んで土を耕《たがや》していた。お兄さんのつるはしは鍛冶屋《かじや》に特別あつらえで作ってもらった鉄製のもの、にんじんのは自分で作った木製のものだ。ふたりはまるで競争でもするように、一生懸命つるはしをふるっていった。ところが、ふたりが予想もしていなかった時に思いもかけない形で事故が起こった（事故というのはそんなふうに起こるものなのだ）。お兄さんがつるはしをふりあげた時、その先端が少し後ろにいた、にんじんの額にぶつかったのだ。悲鳴を聞いてすぐに家族の者が駆けつけ、お兄さんを家まで運ぶと、そっとベッドに寝かせた。弟の額から血が出ているのを見て、お兄さんは卒倒《そっとう》してしまったのだ。家族は誰もが心配そうにベッドをのぞきこんで、ため息をついた。

「気つけ薬はどこだ?」

「冷たい水を持ってきてちょうだい。こめかみを冷やすと気がつくから」

にんじんは椅子《いす》の上に立って、みんなの肩越しにベッドの様子をのぞきこんでいた。額には包帯を巻いてもらっていたが、中から血がしみだしてもう真っ赤になっていた。

「これはまた派手にやられたもんだな」にんじんの額を見て、お父さんが言った。

「ぽっかりと穴があいていて……。まるでバターにナイフを突き刺すみたいに、つるはしが刺さったのよ」包帯を巻いてくれたお姉さんのエルネスティーヌが答えた。

つるはしが額に刺さった時、悲鳴をあげたのはにんじんではなかった。そんなことをしても誰も心配してくれないと、これまでの経験でよくわかっていたからだ。

と、その時、お兄さんが意識を取り戻して、片目をあけた。それから、もうひとつの目も……。お兄さんのほうは、びっくりして怖い思いをしただけですんだのだ。お兄さんの顔に赤みが戻ってきたのを見て、家族の者たちは心配から解放されて、ようやくひと息ついた。

「まったく、いつもこうなんだから！」お母さんがにんじんに言った。「もっと気をつけなくちゃだめだって、普段から言ってるじゃないの！　ほんとにどうしようもない子ね」

猟銃

ある朝、お父さんがにんじんとお兄さんに言った。

「ふたりとももう大きくなったから、猟銃を貸してやろう。いいか、交替で使うんだぞ。仲のよい兄弟はひとつのものを共同で使えるはずだからな」

「もちろんだよ、パパ」お兄さんが答えた。「ふたりで交替に使うようにするよ。いや、銃はにんじんがずっと持っていてくれたっていい。ぼくのほうは、時々貸してくれるだけでいいよ」

それを聞いても、にんじんは何も言わなかった。お兄さんの言葉に罠《わな》があるのではないかと警戒したのだ。

お父さんが緑色の袋から銃を取りだして、訊《き》いた。

「じゃあ、どちらが最初に持つ？　やはりお兄さんかな？」

すると、お兄さんが言った。

「その栄誉はにんじんにゆずるよ。にんじんが最初に持てばいい」

「おや、フェリックス、今日はいい子だな。そのうち、きっといいことがあるぞ。お父さんは忘れないからな」

そう言うと、お父さんはにんじんの肩に猟銃をかつがせてやった。

「じゃあ、楽しんでおいで。仲よくするんだぞ」

「犬も連れていっていい？」にんじんは尋ねた。

「その必要はないだろう。おまえたちが交替に犬の役目をすればいい。それにおまえたちの腕前なら傷ついた獲物が逃げだすということもないだろう。なにしろ、一発で仕留めちまうだろうからな。さあ、行っておいで」

その言葉ににんじんとお兄さんは出発した。格好はいつもと同じだ。本当は狩猟用のブーツがあるとよかったのだが、でも、お父さんはいつもこう言っていた。「本物の狩猟家《ハンター》はブーツなんかはかない」と……。本物のハンターは靴の踵《かかと》がすっかり隠れるようにズボンをはいて、裾《すそ》を折り返すこともしないのだ。そうやってぬかるみや柔らかい畑の上を歩く。すると、ズボンについた泥が固まって、膝《ひざ》までの天然のブーツができあがる。あとで洗濯するのは大変だが、それに対しては家政婦も文句を言ってはいけないのだ。

「成果なし、なんてことにならないようにしような」お兄さんが言った。

「うん、ぼくもそうしたいよ」にんじんは答えた。

そのうちに、ずっと銃をかついでいたので、肩の鎖骨のところが痒《かゆ》くなってきた。そこで、銃床がその部分にあたらないように肩から離して持った。

「いいよ。今日はおまえに好きなだけ持たせてやるよ」お兄さんが言った。

「ありがとう。やっぱりお兄ちゃんはお兄ちゃんだよ」

その時、遠くの生け垣から雀《すずめ》の群れが飛びたったので、にんじんは足を止めて、動かないようにとお兄さんに合図をした。群れは別の生け垣に降りたった。ふたりは背中を丸め、音をたてないように、そっと近づいていった。まるで雀が眠っているので、起こしてはいけないとでもいうように……。けれども雀はその場にじっとしていなくて、チュンチュンとさえずりながら、また別の場所に移ってしまった。ふたりは背中を伸ばした。お兄さんのフェリックスが「ちくしょう！」と言った。にんじんは心臓はどきどきしていたが、落ち着いたふりをしていた。ちゃんと雀を仕留められるかどうか、心配だったのだ。〈もし失敗したら……〉そう思うと、群れが飛びたってくれるたびにほっとする気持ちもあった。と、また雀が別のところに止まった。今度はなかなか飛びたたない。ふたりを待っているように見える。にんじんは銃をかまえた。

「撃つなよ！　遠すぎる」お兄さんが言った。

「そう思う？」にんじんは尋ねた。

「当然だよ。今はしゃがんでるからね。近くに見えるんだよ。立ってみればわかるさ。遠いってね」

そう言うと、お兄さんは自分の言葉を証明しようとするかのように不意に立ちあがった。その気配に驚いて、雀たちはいっせいに飛びたってしまった。

けれども、一羽だけ、生け垣の細い枝の先でバランスをとるようにして止まっている雀がいた。そいつは尾っぽを上下に動かし、右を向いたり左を向いたりしながら、白い腹を見せていた。

「あれなら仕留められるよ。ぼく、やっぱり撃つよ」にんじんは言った。すると、

「いや、おまえには無理だ」お兄さんが言った。「銃をこっちによこして、場所をあけろ」

と、その言葉が終わらないうちに、にんじんは銃を奪われ、空になった手を見ながら、呆気《あつけ》にとられていた。お兄さんはにんじんの前に出ると、銃をかまえ、発砲した。雀は地面に落ちた。

まるで手品が行なわれたみたいだった。にんじんはさっきまで銃を抱えていたはずなのに、気がつくとそれはなくなっていた。そして、今、もう一度、銃を抱えている。お兄さんはにんじんに素早く銃を返すと、すぐに犬の役になって、獲物を拾いに走りだしていた。

「何やってんだよ。急がなきゃだめじゃないか！」雀を手に戻ってくると、お兄さんは言った。

「だって、これじゃ、あまりにも……」

「なんだ。むくれているのか？」

「じゃあ、万歳って叫んで、歌でも歌えばいいの？」

「おいおい、狩りの獲物があったというのに、なんの文句があるんだい？　ぼくがやらなきゃ、仕留めそこなっていたかもしれないんだぜ」

「でも、あれはぼくが……」

「おまえだって、ぼくだっておんなじことじゃないか！　今日はぼくが仕留めた。明日はおまえが仕留めればいい」

「明日って……」

「約束するよ」

「でも、明日といっても、その明日がいつ来るのか……。そんな約束……」

「誓うよ。だから、もういいだろう？」

「うーん。でも、どうせなら、もう一羽、雀を仕留めていこうよ。ぼくも銃を撃ってみたいから……」

けれども、その言葉にお兄さんは首を横にふった。

「だめだよ。もう遅いからね。早く帰って、ママにこいつを料理してもらわなくっちゃ。そら、こいつはおまえにやるよ。ポケットのなかに入れていけばいい。くちばしだけは外に出しておくんだぞ」

それからふたりは家に帰った。途中で近くの農家の人に出会うと、すれちがうたびにこう言われた。

「子供たちだけで狩りかい？　まさか、父さんを撃っちまったんじゃないだろうね？　でも、まあ立派なもんだ」

そう言われると、誇らしい気持ちになって、にんじんはお兄さんに対する恨みも忘れた。ふたりは仲なおりして、意気揚々と家に戻った。それを見ると、お父さんが驚いた顔をして言った。

「おや、にんじん。まだ銃を持っているのか？　今日は一日じゅう、持たせてもらったんだな」

「まあ、ほとんどね」にんじんは答えた。

モグラ

ある日のこと、にんじんは家に帰る途中で煙突掃除人のように黒いモグラを見つけた。そして、そのモグラとしばらく遊んだあと、急に殺してやりたくなった。そこで、モグラを空に向かって投げ、落ちてきた時にうまく石にぶつかるように計算して、何度も宙に放りあげた。

最初はうまくいった。

モグラは脚と背中の骨が折れ、頭がぱっくり割れて、今にも死んでしまいそうに見えたからだ。

けれども、そのあとがしぶとかった。にんじんはびっくりして、屋根よりも高く、天まで届けとばかりに、モグラを投げあげた。しかし、それでもモグラに死んでくれなかった。

「くそっ！　まだ生きてるぞ」にんじんは声に出して言った。

実際、血だらけになった石の上で、モグラはまだぐにゃぐにゃと動いていた。太ったおなかがゼリーのようにぷるぷると震えて、それが生きている証《あかし》のように見えるのだ。

「くそっ！」にんじんは取り憑《つ》かれたように叫んだ。「まだ死んでないぞ！」

そして、今度はやり方を変えることにした。顔を真っ赤にして、目に涙を浮かべながら、モグラに唾《つば》を吐きかけると、モグラの脚を持って、力いっぱい石に叩《たた》きつける。だが、モグラのおなかはまだぷよぷよと動いていた。

そのあともにんじんは何度もモグラを石に叩きつけたが、そうすればするほど、モグラは死ななくなってしまったように思えた。

ウマゴヤシ

にんじんとお兄さんは夕方のお祈りが終わると、急いで家に戻った。四時のおやつの時間だからだ。いつもと同じなら、お兄さんのおやつはバターかジャムをたっぷり塗ったパンだ。にんじんのおやつは、やっぱりパンだけれど、バターもジャムも塗っていない。まだ小さい頃に、早く大人の仲間入りをしたくて、みんなの前で「ぼくは食いしん坊じゃないよ」と宣言してしまったからだ。それでも、味つけをしていないものは好きだったので、自分に与えられたパンは大切に食べた。この時も、お兄さんより先にパンをもらえるように、急いで歩いたくらいだ。ただ、にんじんのもらうパンは時々、固くて干からびているように思えることはあったが……。けれども、そんなことだって関係ない。にんじんはまるで敵に襲いかかるようにパンに食らいつくと、しっかり両手でパンをおさえ、パンくずをまきちらしながら、食いちぎり、噛《か》みくだくのだ。そんな時、近くではお母さんやお父さんが面白そうな顔をして、にんじんの様子を眺めていた。

いや、いくらパンが固くても、にんじんは駝鳥《だちょう》のように頑丈な胃を持っているので、ものともしない。にんじんの胃は石ころだって、緑青《ろくしょう》の浮いた古い五サンチーム銅貨だって消化してしまうのだ。にんじんには食べられないものがなかった。

さて、お兄さんより先に玄関まで来ると、にんじんは扉を押した。扉は閉まっていた。

「パパやママはいないみたいだよ。ねえ、扉を蹴《け》ってみて！」お兄さんに言う。

お兄さんは「ちくしょう！」と叫んで、飾り鋲《びょう》のある重い扉にぶつかっていった。扉はしばらくガタガタ揺れていた。それから、ふたりは力を合わせて肩で扉にぶつかった。けれども、物音に気づいて誰かが出てくる様子はない。

「やっぱりパパとママは出かけているんだよ」にんじんは言った。

「でも、どこに行ったんだろう？」お兄さんが尋ねた。

「それはわからないけど……。しかたがない。ここで座って待とう」

ふたりは玄関の石段に腰をおろした。冷たい石の感触が尻《しり》に伝わってくる。すると、なんだか急におなかがすいてきた。こんなすごいすき方は初めてだった。ふたりはいっぱいあくびをしたり、お互いにみぞおちを拳《こぶし》で殴ったりして、おなかがすいたことを表現した。

「どんなに遅くなったって、どうせぼくらは待っているはずだと思ってるんだ。パパやママは……」お兄さんが言った。

「でも、ぼくらとしては待ってるしかないでしょ？」

「いや、ぼくは待つつもりはないよ。このまま何も食べずに飢え死にしたくないからね。ぼくはなんでもいいから、何か食べたい。草だって……」

「草か。そりゃあ、いい」お兄さんの言葉に、にんじんは答えた。「そうしたら、パパやママがいなくても困らないって見せてやれる」

「じゃあ、そうしよう。ぼくらは普段、サラダ菜を食べるんだからね。ほかの草だって食べられるよ。ここだけの話、たとえばウマゴヤシだって……。あれならサラダ菜と同じくらい柔らかいし……。そうだ！　あれはドレッシングをかけていないサラダ菜だよ」

「ドレッシングがないなら、食べる時に混ぜなくてもすむね」

にんじんは答えた。すると、

「おい、賭《か》けをしないか？　ぼくはウマゴヤシが食べられるってほうに。おまえは食べられないってほうに……」お兄さんが言った。

「どうして、ぼくは食べられないほうなの？」にんじんは尋ねた。

「なあ、本気でさ、賭けをしないか？」

「それよりも、お隣の家に行って、パンをひと切れずつと、そこに塗るフレッシュチーズをくださいって頼んだほうがよくない？」

「いや、ぼくはウマゴヤシのほうがいい」お兄さんはゆずらなかった。

「わかったよ」

そこでふたりはウマゴヤシが一面に生えている野原に行った。葉っぱの緑がおいしそうだった。野原に入ると、ふたりはわざと靴を摺《す》るようにして歩いて、ウマゴヤシの柔らかい茎を踏みたおしていった。そうすると、ふたりが通ったあとに細い道が四本できるので、しばらくたってからそれを見た人が「いったい、どんな獣が通ったのだろう」と怖がるのではないかと思ったからだ。

そのうちにズボンの裾《すそ》から冷たい空気が入ってきて、ふくらはぎがしびれてきた。

ふたりは野原の真ん中で立ちどまって、ばたりとうつ伏せに倒れた。

「気持ちがいいな」お兄さんが言った。

確かにそのとおりだ。野原につっぷしていると、ウマゴヤシの葉っぱが顔をくすぐって気持ちがいい。ふたりは声を出して笑った。まだ小さい頃、ひとつのベッドでいつまでもふざけていて、お父さんから叱《しか》られた時のように……。ふたりが夜遅くまで笑い声をたてていると、お父さんは隣の部屋から決まってこう言ったのだ。

「こら、坊主《ぼうず》ども。早く寝るんだ！」

野原にうつ伏せになりながら、ふたりはもう空腹も忘れて、草の海で水泳を始めた。犬かきやカエル泳ぎ――ウマゴヤシの間から頭だけを出して……。ふたりは腕や足を思いきり動かして、草の波を切り、そして蹴った。でも、本物の波とはちがって、草の波はいったんちぎれたり押しつぶされたりすると、二度とふたりの身体《からだ》を包むことはなかった。

「泳ぎすぎて、へとへとだよ」お兄さんが言った。

「ほら、見て、こんなに前に進んだよ」にんじんも言った。

そこでふたりはちょっと休むことにした。穏やかで幸せな気分だった。

両手で頬杖《ほおづえ》をついて、ふたりはジグザグの形に地面に浮きでているモグラの塚を目で追った。地表の近くでモグラが穴を掘ると、そこだけ地面が盛りあがるのだ。老人の肌に浮きでる血管のように……。モグラの塚は消えたかと思うと、もう少し遠くで現われた。意地悪なネナシカズラが真っ赤なひげをはやして、ウマゴヤシを根絶やしにしているあたりだ。野原いっぱいに散らばるモグラの塚はインディアンの村落のように見えた。

「さあ、じゃあ、そろそろ始めようか」お兄さんが身を起こした。「ウマゴヤシを食べるんだ。ぼくから始めるぞ。いいか、ぼくの分を食べるんじゃないぞ」

そう言うと、お兄さんは腕で円を描いて示した。

「ぼくは残った分でいいよ」にんじんは答えた。

そこで、ふたりはまたウマゴヤシの草はらに顔をつっこんだ。もう外からは見えない。

風が優しく吹いて、ウマゴヤシの小さな葉を裏返しにした。すると、表の濃い緑が裏の薄い緑に変わり、野原全体が細かく震えながら、濃い緑から薄い緑に変わっていく。

お兄さんのフェリックスはウマゴヤシを腕いっぱいに摘み、そこに頭をつっこんで食べるふりをした。生まれたばかりの子牛がもぐもぐと草をはむ音の真似《まね》もする。わざと大きな音をたてながら……。葉っぱはもちろん茎や根っこまで飲みこんだふりをする。ウマゴヤシを食べるなんて、初めから冗談だと思っていたからだ。でも、にんじんはお兄さんの話を真剣にとっていたので、注意ぶかく食べられそうな葉だけを選んだ。

鼻先に持ってくると、ちょっとにおいを嗅《か》ぎ、口に入れる。それから、むしゃむしゃと噛んだ。

別に急ぐことはない。ゆっくりとこの時間を味わっていても、かまわないのだ。

ウマゴヤシの葉は苦くて、吐き気がしたが、にんじんはよく噛んで飲みこんだ。おいしい料理を味わうように……。

金属製コップ

にんじんは、もう食事の時に何も飲まない。きっかけはちょっとしたことだったが、そのあとは何日も平気で水分をとらずにいたので、家族や一家の友人をびっくりさせた。そのきっかけとは、もうすぐお昼になろうという時のことだ。食事のテーブルで、いつものようにお母さんがにんじんの金属製のコップにワインを注ごうとしたので、にんじんはコップを手でふさいでこう言ったのだ。

「ありがとう、ママ、ぼくはいらないよ。喉《のど》が渇《かわ》いてないから……」

それから、夕食の時にもこう言った。

「ありがとう、ママ、ぼくはいらないよ。喉が渇いてないから……」

するとお母さんはこう答えた。

「あら、経済的だこと。みんなにとってはそのほうが助かるわ」

こうして最初の日は、にんじんはお昼も夜もワインを飲まなかった。あまり暑い日ではなかったし、第一、喉が渇いていなかったからだ。

そして次の日、昼食のテーブルに食器を並べながら、お母さんが尋ねた。

「にんじん、今日はワインを飲むの？」

「どうしようかな」にんじんは答えた。

「じゃあ、自分の好きになさい」お母さんは言った。「あなたのコップは出さないから、欲しかったら自分で食器棚から取ってくるのよ」

昼食の間、にんじんは結局、コップを取りにいかなかった。たまたまそうだったのか、取りにいくのを忘れたのか、自分でワインを注ぐのが嫌だったのか、あとから考えてもよくわからない。

でも、にんじんが何も飲まなかったのを見て、みんなはびっくりした。

「ほんとに喉が渇かないのね！」お母さんが言った。「またひとつ、素晴らしいことができるようになったじゃないの。これは才能ね」

「確かに得がたい才能だ」お父さんも賛成した。「将来、砂漠でラクダもなしに迷子になった時に役に立つぞ。喉が渇かないんだからな」

お兄さんのフェリックスとお姉さんのエルネスティーヌは賭《か》けを始めた。

「この子なら一週間は何も飲まずにいられるわよ」お姉さんが言った。

「まさか！　せいぜい三日ってとこだな。日曜までもてば上出来だよ」お兄さんが答えた。

それを聞くと、にんじんはわざとにっこり笑ってみせた。

「喉さえ渇かなきゃ、ワインだって水だってずっと飲まずにいられるよ。うさぎやハムスターも水を飲まないけど、何か特別なことをやってるって思う？」

「人間とハムスターはちがうよ」お兄さんが言った。

そこで、にんじんは意地になって、自分は何も飲まなくても平気だということを見せてやりたくなった。そして次の日からは、お母さんがにんじんのコップだけはテーブルに出さないこともあって、自分からコップが欲しいとは言わないようにした。すると、一緒に食事をしている人たちは「すごいなあ」とからかうように言ったり、時には本気で感心したような素振りを見せた。でも、にんじんはすました顔で食事を続けていた。

「病気じゃないのか？　そうじゃなければ頭がおかしくなったんだ」家族や友達、近所の人たちのなかにはそう言う者もいた。

「きっと隠れて飲んでいるんだよ」そう言う者もいる。

ワインや水を飲まなくても、最初はまったく順調だった。人々のからかいや称賛の声に、にんじんは時々、舌を出して、口のなかが渇いていないことを見せた。けれども、その回数は日がたつにつれて少なくなっていった。

そのうちに、家族や近所の人たちはにんじんが水分をとらないことに慣れてしまって、何も言わなくなった。ただ、たまたま家に泊りに来た客だけは、家族からその話を聞くと、腕を天に差しのべた。

「そんな無茶な……。自然の要求に逆らうことは誰にもできないだろうに！」

医者の意見では、「確かにそれは不思議に思えるが、まあ、人間、不可能なことはひとつもないのだろう」ということだった。

にんじんはもっと辛《つら》い思いをするのではないかと心配していたが、やる気になって頑固にやりつづければ、望んだことはなんでもできるのだということに驚いていた。水を飲まなかったらどんなに苦しいだろう、そんなことはよっぽど無理をしなければ絶対にできないと思っていたのに、ほんのわずかな身体《からだ》の不調も感じなかった。前よりも元気になったくらいだ。この調子なら、何も飲まないだけではなく、食べなくたって大丈夫そうだ。〈よし、こうなったら絶食してやる。これからは空気だけで生きていくんだ〉そう思った。

金属製のコップのことはもう思い出しもしなかった。そのコップはあまりに長い間放っておかれたので、いつのまにか、家政婦のオノリーヌがランプを磨く赤い研磨剤を入れる容器として使うようになっていた。

パンくず

お父さんは機嫌がいい時には子供たちの相手をしてくれる。庭の小道を散歩しながらいろいろなお話をしてくれるのだ。その話があんまり面白くて、にんじんやお兄さんのフェリックスは地面をころげまわって笑うこともある。

さて、その日の午前中も、三人はそうやってへとへとになるまで遊んだ。けれども、そこにお姉さんのエルネスティーヌが「お昼の時間よ」と告げにきたので、いっぺんに熱がさめてしまった。食事の間は、楽しく笑ってなどいられないからだ。

食事はみんな口をきかず、そそくさと食べおわるのが普通だった。だから、その日の昼食もまたたく間《ま》に終わり、レストランだったらほかの客にテーブルを明けわたしてもいい頃になった時――お母さんが言った。

「パンの白いところ《ミ・ド・パン》をくださいな。リンゴの砂糖煮を食べるんだから……」（訳注　原文の mie de pain には、「パンくず」、「価値のない男」などの意味もある）

通常、お母さんは欲しいものがあったら、誰かに頼まず、自分で手を伸ばす。家族に話しかけることもしない。特にお父さんには……。話しかけるとしたら、相手は犬だけだ。そうして、犬に向かって、やれ野菜が高くなっただとか、この調子じゃ家族五人と家政婦、それから犬を食べさせていけないと嘆くのだ。

「ねえ、ピラム」玄関マットの上で嬉《うれ》しそうに尻尾《しっぽ》を振って、キューンと甘えた声を出す犬に向かって、お母さんはよくこう言う。「この家のやりくりをしていくのがどんなに大変か、あなたにはわからないでしょうね。あなたもきっと、料理を作るのにお金なんてかからないって思っているでしょうから。世間の男の人たちと同じように……。男の人たちときたら、バターの値段があがろうが、玉子が高すぎて手の届かない値段になろうが、どうでもいいことなのよ！」

それなのにお母さんは、その日は犬ではなく、家族の誰かに向かって言った。誰に向かって言ったのか？

お母さんはわざと騒ぎを起こしたのだ！ お母さんは、こともあろうに、直接、お父さんに向かって言ったのだ。いつもなら、そんなことは絶対にしないのに……。パンの白い《ミ・ド・パン》ところが欲しいと……。お父さんに向かって……。それはまちがいない。お母さんはお父さんの顔をじっと見ながら言ったからだ。それに、パンはお父さんのすぐ近くにあったからだ。お父さんは、お母さんがいつもとはちがうことをしたので、まずびっくりしたような顔をした。それから、ちょっとためらったように自分の皿にあったパンくず《ミ・ド・パン》を指でつまむと、むっつりと不機嫌そうな様子で、お母さんに向かってはじきとばした。

ただのいたずらか、それとも騒ぎを大きくしようとしたのか。それはわからない。お母さんがひどい扱いをされたのだと思って、お姉さんのエルネスティーヌは泣きだしそうな顔になった。お兄さんのフェリックスは、今日はパパもやるじゃないかといった表情を浮かべながら、興奮したように椅子《いす》をガタガタ揺らした。

その間、にんじんは口いっぱいにリンゴを頬ばったまま、顔をこわばらせていた。唇から唾《つば》があふれ、耳鳴りがした。と、お母さんが子供たちの前で馬鹿《ばか》にされたことに腹をたてて席を立った。そうじゃなければ、にんじんは頭が破裂していたことだろう。

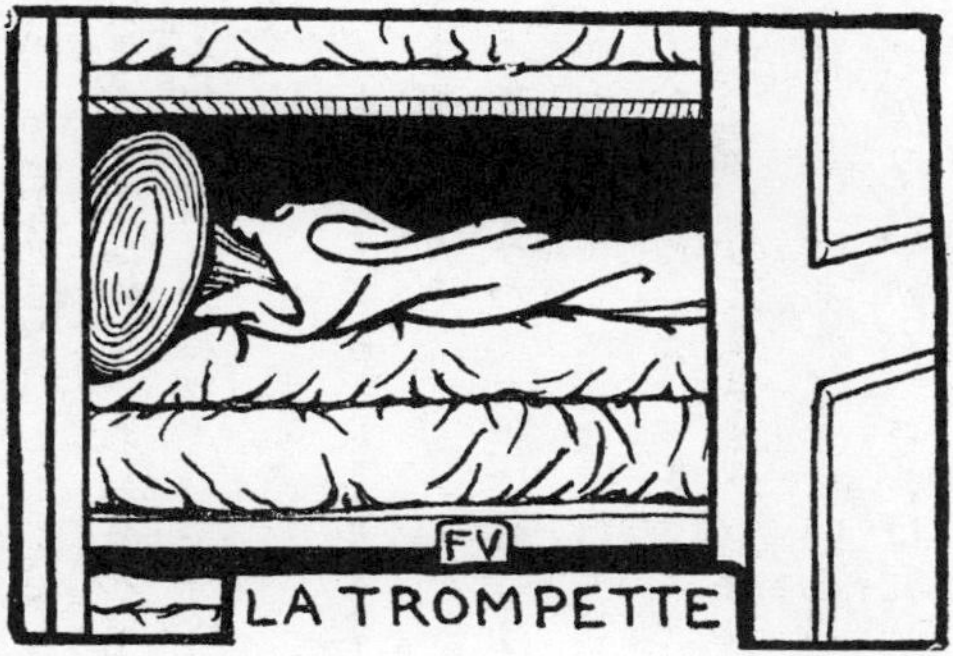

ラッパ

ある朝のことだ。パリから戻ったばかりのお父さんがさっそく鞄《かばん》をあけて、お土産《みやげ》を取りだした。まずはお兄さんのフェリックス、それからお姉さんのエルネスティーヌに渡す。それは不思議なことに、まさに前の晩、ふたりが欲しいなと思ったものだった。最後にお父さんは両手を後ろに隠すと、にんじんに向かって、からかうように言った。

「さあ、おまえはどっちが好きかな？　ラッパかな？　それともピストルかな？」

にんじんはどちらかと言うと臆病《おくびょう》な子だった。危ないことは好きではない。だから、ラッパのほうがよかった。ラッパだったら、手に持っている時に暴発することはないからだ。でも、自分と同じくらいの年頃の男の子はピストルとか、剣とか、戦争で使うような武器とか、そういったものが好きだと聞いていた。武器でしか遊ばないと……。火薬の臭《にお》いとか、敵を皆殺しにするとか、そんなことが好きな年頃なのだ。お父さんは子供たちのことをよく知っている。だから、ぼくもそんな年頃になったと思って、それにふさわしいものを買ってきてくれたはずだ。そう考えると、

「それはもちろんピストルだよ」にんじんは思いきりよく言った。絶対にまちがいないと思いながら……。

それどころか、大胆にもこうつけ加えることさえした。

「隠したってだめだよ。ぼくには見えるもの」

お父さんは「え？」と言って、困ったような顔をした。

「ピストルのほうがよかったのか？　いつから欲しいものが変わったんだ？」

にんじんはあわてて言いなおした。

「ちがうよ、パパ。それは冗談だよ。そんなに困った顔をしないでよ。ぼくはピストルなんか欲しくないよ。ピストルなんて大嫌いだ。だから、ラッパをちょうだい。そしたら、すぐに鳴らして、ぼくがどんなにラッパが好きか、見せてあげるから」

お父さんは背中に隠していたラッパを前に持ってきた。と、それまで黙ってふたりのやりとりを聞いていたお母さんが口をはさんだ。

「じゃあ、どうして嘘《うそ》をついたの？　お父さんを困らせるため？　ラッパが好きなら、どうしてピストルが好きだなんて言ったのよ。しかも見えないものが見えるって、よけいな嘘までついて。罰としてあなたにはピストルもラッパもあげないことにするわ。さあ、このラッパをよく見てごらんなさい。赤いポンポンが三つついて、金縁のフランス国旗もついているわ。けれども、どう考えたってピストルには見えないわ。もし見えるって言うんなら、今すぐ台所に行って、そこに私がいたって言うのと同じことよ。さあ、台所に行って、私がいるかどうか見てらっしゃい！　嘘をついたことによって、あなたは権利を放棄したのよ。何ももらえなくてもしかたがないわ。指笛で我慢して、早くどこかにお行きなさい！」

こうして、お父さんが買ってきたラッパはシーツやタオルを入れた戸棚の高いところにしまわれることになった。三つの赤いポンポンと金縁のフランス国旗にくるまれて……。にんじんには見えず、手も届かないところに……。それは、〈最後の審判〉の時に響きわたるという天使のラッパのように、この世の終わりまで音を鳴らすことなく、誰かに吹かれるのを待っているのだ。

髪の毛

にんじんとお兄さんのフェリックスは、日曜日にはお母さんの言いつけで、必ずミサに行かなければならないことになっている。お姉さんのエルネスティーヌも一緒だ。そして、ミサに行くにはお出かけ用の服を着て、おめかしをしなければならない。この時、ふたりに身支度をさせるのはお姉さんの役目と決まっていて、お姉さんは時には自分の支度が遅れてしまうようなことがあっても、お兄さんと弟の面倒を見た。爪《つめ》を切り、ネクタイを選び、祈《き》禱書《とうしょ》を持たせるのだ（にんじんはいつも大きいほうの祈禱書を渡された）。この支度のなかで、いちばんお姉さんが執念を燃やしたのはポマードで髪を撫《な》でつけることだ。
にんじんはよかった。お姉さんに気に入られたくて、おとなしくしていたからだ。
けれども、お兄さんのフェリックスはポマードを塗られるのが嫌いで、「やめろよ、
エルネスティーヌ。毎週言ってるじゃないか。しまいには怒るぞ」と文句を言った。
お姉さんは決まってごまかした。
「ごめんなさい。うっかりしていたのよ。気がつかないでやっちゃったの。来週こそ、
忘れないわ。お兄ちゃんにはポマードを塗らないから……」
けれども、翌週になると、やっぱりポマードを塗っている。すると、
「そのうち痛い目にあうぞ」お兄さんは言うのだ。
そして、ある日のこと……。その日もお姉さんは、シャワーから出てタオル姿でい
るお兄さんの髪をとかしているうちに、こっそりポマードを塗ってしまった。
「ほら、お兄ちゃんの望みどおり、ポマードはつけなかったわよ。暖炉の上を見てご
らんなさい。ポマードの瓶はしっかり蓋《ふた》がしまってるでしょ。これなら文句はないは
ずよ。なんて、いい妹なんでしょ。だいたい、お兄ちゃんにポマードを塗ってもしか
たがないのよ。にんじんなら髪を固めるのにセメントが必要だけど、お兄ちゃんの髪

は自然にカールして、カリフラワーみたいにふっくらした形になるんだから……。分け目だって、ちゃんと夜までついてるわ」

そうお姉さんが言うと、お兄さんは、「ありがとよ」と答えて、いつものように髪の毛を触って確かめようとすることもなく、椅子《いす》から立ちあがった。

お姉さんはお兄さんの着替えを手伝い、ネクタイを結んでやると、絹の平糸で織った白い手袋を渡した。

「もうすんだかい？」

手袋をはめると、お兄さんが言った。

「いいわよ。素敵になったわ。まるで王子さまみたい」お姉さんは答えた。「あとは帽子をかぶるだけね。帽子は箪笥《たんす》のなかよ」

けれども、お兄さんは何を思ったのか、箪笥の前を通りすぎてしまった。そのまま食器棚のところまで走っていき、扉を開くと、水がいっぱい入った水差しを手にとる。そして、平然とした顔で自分の頭から水をかけた。

「だから、言ったろ、エルネスティーヌ」お姉さんに言う。「ぼくを騙《だま》そうなんて、百年早いよ。ぼくは騙されるのが嫌いなんだ。今度、こんなことをしたら、ポマードの瓶を川に投げすててやるからな」

お兄さんの髪はぺったりして、お出かけ用の服はびしょびしょになっている。でも、お兄さんは平気な顔をしている。もう一度、着替えをさせられようが、お日さまに乾かしてもらうことになろうが、どちらでもかまわないのだ。

その間、にんじんはお兄さんの様子をじっと見ていたが、お兄さんが頭から水をかぶると、心のなかで感心してつぶやいた。

「すごいなあ。よくあんなことができるよ。ぼくがやったら、笑い者にされるだけだもの。やっぱり、ぼくはポマードを塗られるのが嫌じゃないって思わせておこう」

そうして、いつものようにあきらめて、ポマードを塗られるのを我慢する。けれども、にんじんがあきらめても、髪の毛のほうは我慢せずに復讐《ふくしゅう》を始める。

髪の毛たちは、ポマードで無理やり寝かしつけられると、しばらくの間は死んだふりをしている。油でできた、てらてらの鋳型《いがた》にはめこまれてしまったように……。だが、そのうちに、見えない力がその鋳型を壊し、押しやぶろうとしてくる。

まるで藁《わら》の束がほどけかかっているようなものだ。そして、その見えない力は、とうとう鋳型を押しやぶり、やがて最初の一本が天に向かってぴんと立つ。まっすぐに。自由に……。

川遊び

時刻は夕方の四時になろうとしていた。にんじんは、庭のハシバミの木陰で昼寝をしていたお父さんとお兄さんを起こした。

「ねえ、行こうよ」

「そうしよう。水着は持ってきたな？」お兄さんが言った。

「まだ暑いだろう？」お父さんが口にした。

「ぼくは暑いほうがいいよ。お日さまが出てる時のほうが……」お兄さんが答えた。

「パパだって、ここより川辺のほうがいいよ。あっちなら、草の上に寝ころがれるもの」にんじんも言った。

するとﾞ、お父さんが起きあがった。お兄さんも立ちあがっている。

「じゃあ、行くか。川に向かって前進！　だが、ゆっくりとだぞ。どこに危険がひそんでいるか、わからないからな」

でも、にんじんは急いで進んでいった。足がむずむずして、ゆっくりなどしていられなかったのだ。水着を入れた袋は背中にかついでいる。お兄さんのは青と赤のきれいな水着、自分のは柄のない地味な水着だ。にんじんは大声で歌ったり、ひとりでおしゃべりをしながら、歩いていった。木の枝に飛びついたり、犬かきやカエル泳ぎで泳ぐ真似《まね》もする。そうして、お兄さんに言った。

「水はきっと気持ちがいいよね。思いっきり、泳いでやるんだから」

「そんな勇気もないくせに！」お兄さんはひと言、軽蔑《けいべつ》したように答えた。

にんじんは、たちまちシュンとしてしまった。

それでも、道の突きあたりにある石積みの土手を一番に駆けあがると、目の前に川が現われた。とうとう川に着いたのだ。でも、それを見ると——もうはしゃごうという気持ちはなくなってしまった。

川は冷たく光っていて、水には恐ろしい魔力がひそんでいるように思える。ピチャピチャと流れる水音は川が舌を鳴らしているようだ。水は生臭いにおいがした。

このなかに入っていくのだ。お父さんが腕時計を眺めて、子供たちの水浴時間をはかっている間、川に入って遊んでいなければならないのだ。にんじんは身震いした。ここに来るまで、なんとか勇気を鼓舞してきたのに、肝心かなめの時に、その勇気がなくなってしまったのだ。遠くで思う分には魅力的だった川は、今や恐ろしいものでしかなくなっていた。

にんじんはみんなから離れたところで、着替えを始めた。瘦《や》せた胸や細い足を隠したかったこともあったけれど、それよりも震えているのをお父さんやお兄さんに見られたくなかったからだ。

洋服はゆっくりと脱いで、ひとつひとつ丁寧にたたんで草の上に置いていった。靴のひもを結びなおし、それからまた時間をかけてそのひもをといた。水泳用のパンツをはいて、短いシャツを脱ぐ。汗をかいていたので、シャツはリンゴの菓子を包んだ紙のようにべっとりしていた。だが、着替えが終わっても、にんじんはしばらくそこにいた。

お兄さんはもう川に入って、我がもの顔にふるまっていた。手足で水を叩《たた》いて、水面に泡を立てる。それどころか、恐ろしいことに川をゆすり、岸辺に向かって大きな波を次々と送っていた。怒れる波の大群だ。

「にんじん、おまえは入らないのか？」お父さんが言った。

「ちょっと甲羅干《こうらぼ》しをしていたんだよ」にんじんは答えた。

けれども、そこでようやく決心をつけると、岸辺に座って、足の親指だけを水につけた。靴が小さすぎるので、親指は変な形につぶれている。指が水に触れると、にんじんは思わずおなかを押さえた。お昼に食べたものがまだ消化しきれていなかったにちがいない、なんとなく気持ちが悪かったのだ。それから、川べりに生えた木の根っこにつかまりながら、そろっと水のなかに入っていった。

ふくらはぎや腿《もも》やお尻《しり》にひっかき傷ができる。そして、おなかまで水に入った時、にんじんはあわてて岸にあがろうとした。湿ったひもで身体《からだ》をコマのようにぐるぐる巻きにされたように感じたのだ。けれども、岸の手をかけた土の部分がくずれて、にんじんは川のなかに頭まで沈んだ。再び顔を出した時には、目も見えず、ごほごほ咳《せき》をしながら水を吐いて、すっかり怖くなってしまった。

「潜るのが上手になったじゃないか」お父さんが言った。

「うん」にんじんは答えた。「あんまり好きじゃないけどね。耳のなかに水が入って、頭が痛くなったりするから……」

そのあとはいよいよ水泳の練習だ。泳ぐのに適当な場所を探すと、にんじんは手足を動かしはじめた。両腕で水をかきながら、足は川底の砂の上を歩くのだ。

「そんなにばたばたと手を動かしちゃだめだ」お父さんが言った。「水をかく時に拳《こぶし》を握っているじゃないか！　まるで髪を引き抜こうとするみたいに……。それから、足を動かして！　足のほうはなんにもしてないぞ」

「足を使わないで泳ぐほうが難しいんだよ」にんじんは答えた。

ところが、にんじんが一生懸命泳ぎの練習をしている間にも、お兄さんのフェリックスがちょっかいをかけてくる。

「おーい、にんじんこっちに来いよ。深いところがあるから……。足が立たなくて、沈んじゃうんだ。ほら、今はぼくが見えるだろ？　それから、ほら！　見えなくなっただろう？　じゃあ、今度はあっちの柳の下に行ってくれ。行ったら、動くなよ。そこまで十回、水をかいただけで行くからな」

「じゃあ、数えるよ」にんじんは冷たい水のなかで肩だけ外に出して、道標のようにじっとその場に突っ立ちながら、震える声で言った。

そして、お兄さんが自分のそばまでやってくると、身体をかがめて、また泳ぎの練習を始めようとした。と、お兄さんが背中に飛び乗り、上から覆《おお》いかぶさってきた。

「おまえもやりたかったら、ぼくの背中に飛び乗ってきていいぜ」背中に乗ったまま言う。

「ねえ、お願いだから、泳ぎの練習をさせてよ」にんじんは答えた。

するとこ、

「さあ、そろそろ時間だ。あがってラム酒をひと口ずつ飲むんだ」お父さんが言った。

「え？　もう？」にんじんは不満そうな声をあげた。

もう、今は水から出たくなかった。川のなかで十分遊んだとは思えなかったのだ。岸にあがらなければならないと思うと、水はもう怖くなかった。さっきまで身体がおもりみたいに感じられたのに、今は羽根のように思えた。ものすごく勇敢な気持ちになって、どんな危険にも立ち向かっていけそうだった。誰か溺《おぼ》れている人がいたら、自分の命にかけても助けにいくことができる。わざと水に潜って、溺れる人の気分を味わってみることさえ、できそうだった。

「早くあがってきなさい」お父さんが言った。「さもないと、お兄さんがおまえの分のラムも飲んでしまうぞ」

「だめだよ。ぼくのラムは誰にもやらないよ」ラム酒はあんまり好きではなかったが、にんじんは言った。

そうして、古参の兵士のようにラム酒を飲みほした。

と、お父さんが言った。

「ちゃんと、身体を洗わなかったな。くるぶしのところが垢《あか》で真黒だぞ」

「垢じゃないよ。泥だよ」にんじんは答えた。

「いや、垢だ」

「じゃあ、もう一度、川に入って洗ってこようか？」

「明日洗えばいい。明日また泳ぎにこよう」

「わーい、明日も晴れるといいな」

そう言うと、にんじんはタオルの端っこを使って身体を拭《ふ》いた。真ん中のところはお兄さんが使ってびしょびしょになっていたからだ。頭は重くて、喉《のど》もいがらっぽかったが、にんじんは笑った。お父さんとお兄さんがにんじんの変な形につぶれた足の親指のことで冗談を言ったからだ。

オノリーヌ

ある朝、お母さんが家政婦のオノリーヌをつかまえて言った。

「オノリーヌ、あなた、いったいいくつになったの？」

「万聖節（訳注 十一月一日）になったところで六十七歳ですよ、奥さま」

「あら、それはずいぶんな歳《とし》になったものね」

それを聞くと、オノリーヌは反論した。

「だからってなんです？ あたしはまだ働けるんですから、歳なんて関係ありませんよ。これまで病気になったことだってありません。馬よりも頑丈なくらいです」

でも、お母さんは続けた。

「それはそうかもしれないけど……。でも、オノリーヌ、ひとつだけ言っておくわ。このままじゃ、あなた、いつか仕事の最中に死んでしまうことになるわ。ある日、川で洗濯をして帰ってくるとするでしょう？　背中の籠《かご》がいつもより重くて、洗ったものを入れた手押し車も押していくのが辛《つら》いって感じられるの。それで、思わずその場に膝《ひざ》をついて、まだ濡《ぬ》れた洗濯物の上に頭から倒れこむ。その時はもう息をひきとっているってわけ。あなたは死んでいるところを発見されるのよ」

「冗談はよしてくださいよ、奥さま。どうぞご心配なく。あたしはまだ足も腰も丈夫ですからね」

「いえ、あなたの腰は曲がってきてるわ。まあ、腰が曲がれば洗濯するには都合がいいから、それほど疲れは感じないかもしれない。でも、目のほうは確実に悪くなっているわ。ごまかそうとしたってだめよ、オノリーヌ。ずいぶん前から、私は気づいているんだから……」

「そんなことはありません」オノリーヌは言った。「私の目は結婚した頃と変わりませんよ。悪くなんてなってやしない」

「あら、そうかしら。じゃあ、そこの戸棚をあけて、どれでもいいからお皿を一枚、出してごらんなさい。ちゃんと目をあけて布巾《ふきん》をかけていれば、そんなふうに濡れることはありませんよ」

「それは戸棚に湿気があるせいですよ」

「じゃあ、これは？　ほら、このお皿には指の跡が残ってるでしょう？　この戸棚には指が何本もあって、お皿の上をはいずりまわっているとでも言うのかしら？」

「指の跡ですって？　どこです？　奥さま。あたしにはそんなもの見えませんね」

「だから、それが問題だって言ってるんじゃないの！　いいかしら、オノリーヌ。私はあなたが仕事をいい加減にしているって言っているんじゃないのよ。そんなことはあり得ないから……。このあたりであなたほど一生懸命働く家政婦はいないわ。私はただあなたが年をとったって言っているのよ。私だって年をとったわ。私たちは誰でも年をとるのよ。そうすると、まじめにやっているだけでは十分じゃなくなる。私は賭《か》けてもいいけれど、あなた、時々、目に薄い膜が張ったように、視界がぼやけるでしょう？　その膜はいくらこすったってとれやしないのよ」

「でも、あたしは何をするにも、しっかり目を開いてやっていますからね。水の入ったバケツに顔をつっこむような失敗はしちゃいません」

　でも、お母さんは一歩もゆずらなかった。

「失敗はしていますよ、オノリーヌ。昨日だって、あなたは旦那《だんな》さまに汚れたグラスをお出ししたでしょう? 恥をかかせたら、あなたがかわいそうだと思って、私は何も言わなかったけれど……。旦那さまも何もおっしゃらなかった。もともと何もおっしゃらない方ですからね。でも、旦那さまは何もかも見ていらっしゃるのよ。ぼんやりしているように見えるかもしれないけれど、そんなことはないの。旦那さまは何ひとつ見逃さずに、ただ頭のなかに見たことを刻みこんでいらっしゃるのよ。だから、あなたから汚れたグラスを出されると、指で遠くに押しやった。そのあとは、なんとワインをお飲みにならずに食事をおすませになったのよ。わかるでしょう? オノリーヌ、私はあなたのことだけではなく、旦那さまのことも心配しているのよ」

「そんな馬鹿《ばか》なこと……。旦那さまが家政婦に気を使うなんて。旦那さまは、ただグラスを換えてくれと、そうおっしゃればすむ話じゃありませんか!」

「そうかもしれない。だけど、旦那さまがいったん黙ってるってお決めになったら、誰にも口を開かせることはできないのよ。私だってもうあきらめているくらいなんだから……。いいえ、そんなことはどうでもいいの。問題は、あなたの目が毎日少しずつ悪くなっているということ。確かにまだ洗濯くらいだったら、小さな汚れに気がつかない程度ですむかもしれないけれど、ちゃんと目を使って丁寧に仕上げなきゃならない仕事は、あなたには任せられないわ。そうしたら、私は出費を覚悟して、もうひとり家政婦を雇わなければならなくなるのよ」

それを聞くと、今度はオノリーヌが憤慨したように言った。

「ああ、奥さま。あたしはよその女と一緒に働くなんて嫌ですよ。家政婦がふたりいたって、邪魔になるだけなんですから」

「私もそう思うわ」オノリーヌの言葉にお母さんは相槌《あいづち》を打った。「でも、だったら、どうすればいいと思う？　あなた、いちばんいい方法を教えてくれないかしら？」

「あたしはこのままでいいと思いますよ。あたしが死ぬまでね」

「あなたが死ぬまでですって！」お母さんは大きな声を出した。「あなたは誰よりも長生きするわ。もちろん、私だってそうなってほしいと思っているけど……。でも、それならなおさらのこと、私はあなたが死ぬのを待ってるわけにはいかないのよ」

「でも、奥さまはまさか、ちょっとお皿の拭《ふ》き方が悪かったくらいで、あたしをクビにしたりはなさらないでしょうね？　あたしのほうは奥さまからお暇を出されるまでは、ここを辞めるつもりはありませんから！　だいたい、ここを辞めたら、すぐさま飢え死にしてしまいますからね」

「あらあら、どうしたの？　顔を真っ赤にして……」お母さんはなだめるように言った。「オノリーヌ、いつ私があなたに暇を出すと言ったかしら？　私たちはさっきから普通におしゃべりしていただけじゃないの。それなのに、急に怒りだして、飢え死にだのなんだの馬鹿げたことを言いだすんだから……。教会堂もびっくりするような馬鹿げたことを……」

「あたしが悪いっておっしゃるんですか？」

「じゃあ、私が悪いとでも？　確かにあなたの目が悪くなったのはあなたのせいじゃないわ。でも、私のせいでもないのよ。お医者さんにかかって、よくなるのを願うしかないわ。実際、よくなることもあるんだから……。でも、あなたの目が治るまでの間、私とあなたとどちらが苦労すると思う？　あなたは自分の目が悪いとも思っていないのだから……。たちまち家事に差しつかえが出るわ。もしかしたら、大変な事故が起きるかもしれない。これはあなたのために言っているのよ。まあ、一家の主婦としてはこんなふうに忠告する権利はあると思うし……。でも、それを穏やかな調子で言っているんじゃないの」

　それを聞くと、

「どうぞ、どうぞ。ご忠告でもなんでも奥さまのお好きになさってくださいまし」オノリーヌは言った。「でも、奥さまがあたしに暇を出すつもりはないと聞いて、安心しましたよ。さっきは本当に路頭に迷うかと思いましたからね。このままここに置いてくださるんなら、あたしのほうはせいぜいお皿をきれいに拭くように気をつけますよ」

「そうよ。あなたがお皿をきちんと拭いてくれれば、それで問題はないのよ。最初からそうだと言っているじゃないの」お母さんは言った。「私はこれでも情に厚いと言われているほうですからね。その評判を壊すようなことはしません。そう簡単にあなたをクビにしたりはしないわ。あなたがよっぽどひどい失敗をしないかぎりね」

「それなら、もうこの話はおしまいにしてくださいまし」オノリーヌは答えた。「あたしは今、ちゃんとこの家のお役に立っていますからね。奥さまが今、あたしをクビにしたりしたら、不当な仕打ちだって叫んでまわりますよ。そのかわり、あたしが奥さまにご迷惑をかけているってことがはっきりわかった時には――そうですね、お鍋《なべ》でちゃんとお湯がわかせなくなったりしたら、その時には自分からお暇をいただきますよ。誰に指図されることもなくね」

「わかったわ、オノリーヌ。でも、その時にはいつでも家にごはんを食べに来てくれていいのよ。スープの残りくらいだったら、いつでも用意しておくから……」お母さんは言った。

「ああ、奥さま。スープはいりません。パンの残りだけで結構ですよ。あのマイットの婆《ばあ》さんだって、もうずいぶん前から恵んでもらったパンしか食べない生活をしているけど、それだってまだ生きてますからね」

「ええ、そうね。しかも、あの人はもう百歳を超えているっていうじゃありませんか。それにね、オノリーヌ。物乞《ものご》いをして生きていく人たちというのは、私たちより幸せなのよ。この私が言うんだから、まちがいないわ」

それを聞くと、オノリーヌはお母さんに合わせるように言った。

「奥さまがそうおっしゃるんなら、あたしもそうだと思いますよ」

鍋《なべ》

にんじんにとって、家族の役に立つ機会というのは、めったにあるものではない。だから、にんじんはいつでも物陰でうずくまって、その機会がやってくるのを待っていた。そうして、ひとたびその時が来たら、しかるべき方向に物事を導いていく。まるで人の話を聞きながら、あらかじめ良いか悪いかの判断は下さず、みんなが興奮しているなかで、ただひとり自分を保っている冷静な人間のように……。

で、お母さんとオノリーヌのやりとりをこっそり聞いた時、にんじんはお母さんが助けを必要としていると感じた。お母さんは困っていて、なんとかうまい方法で誰かに助けてもらいたいと思っている。でも、自尊心が強すぎて口に出せないのだ。そうなったら、にんじんが助けてやるしかない。お母さんの気持ちを察して……。もちろん、ご褒美《ほうび》も期待しないで……。決心するのに時間はかからなかった。

さて、ルピック家では、鍋はいつでも暖炉の自在鉤《じざいかぎ》にかかっている。冬には熱いお湯がたくさんいるので、何かに使って空になると、すぐに水を足して、いつもぐらぐら煮立たせている。夏は食事のあとの洗い物に使うくらいだが、それでも鍋は、ほとんど消えかかった二本の薪《まき》の上にひびの入った底をさらして、少しずつ蒸発するにまかせてシュンシュンと音をたてている。

そのシュンシュンという音が聞こえなくなると、オノリーヌはいつも鍋のほうに耳を向けて、「お湯がなくなっちまったよ」と言った。

そうして、バケツの水を鍋にあけると、二本の薪を寄せて、暖炉の灰をかきまわす。それから、シュンシュンという音がしてまたお湯が沸きはじめると、安心してほかの仕事を片づけにいくのだ。

「オノリーヌ、どうして使いもしないお湯をわかすの？　鍋をはずして、火を消してちょうだい。薪だってただじゃないんだから……。冬になったら、お金がなくて寒さで凍える人たちだっているのに……。わけがわからないわ。ほかのことでは締まり屋なのに……」

時々、お母さんにそう言われても、オノリーヌは頑として首を横に振る。その結果、鍋はいつも自在鉤にぶらさがっていて、シュンシュンと音を立てている。そして、その音がしなくなると、雨が降ろうと、風が吹こうと、日が照ろうと、オノリーヌは鍋に水を入れるのだ。

鍋に触る必要もない。鍋のほうを見る必要もない。もう身体《からだ》がすっかり覚えているのだ。耳をすまして、音がしなくなっていたら、バケツの水を鍋に向かってぶちまける。つまらないことに余計な時間は使わないよ、とでもいうように……。そして、これまでのところはそれでうまくいっていた。水を入れそこなうなんてことは、一度もなかった。

でも、今日は……。今日は初めて失敗したのだ。

水は直接、炎にかかり、灰神楽《はいかぐら》が巻きあがった。灰は怒りくるった動物のようにオノリーヌに飛びかかり、全身を包んだ。オノリーヌは熱さと恐怖で息もできない様子だった。「ギャッ」と悲鳴をあげると、何度もくしゃみをし、うしろにさがりながら、唾《つば》を吐いた。

「なんだい！　あたしはまた地下から悪魔が飛びだしてきたのかと思ったよ。ああ、目がひりひりする」

そう言うと、オノリーヌは灰が入ったせいでまだ目をつむったまま、暖炉のなかを手探りした。それから、呆《あき》れたような大声を出した。

「何があったかわかったよ。鍋がかかっていなかったんだ。でも、どうしてだろう？　そいつはさっぱりわからないね。さっきまではちゃんとかかっていたのに。確かにシュンシュンと音を立てていたんだから……」

考えられることはひとつしかない。オノリーヌが野菜の皮むきをして、エプロンにたまった屑《くず》を窓から捨てている間に、誰かが鍋をはずして持っていったのだ。

でも、誰が？

この様子をにんじんは居間の片隅で見ていた。オノリーヌは首をかしげている。と、そこにお母さんがやってきた。お母さんは寝室から出てくると、厳しい顔つきでマットの上に立った。でも、声は落ち着いている。

「いったい、なんの騒ぎなの？　オノリーヌ」

「騒ぎもなにも。とんでもないことが起きちまったんですよ。あたしはもう少しで焼け焦《こ》げになるところでした。見てくださいな、この手や木靴《サボ》やペチコートを……。上着だって、どろどろの灰だらけだ。ポケットには炭まで飛びこんできたんですから……」

　それを聞くと、お母さんは言った。

「それより、どうしたの？　このありさまは……。暖炉から水が出てきて、ひどいことになっているじゃないの」

「誰かがあたしの鍋を持っていっちまったんです。あたしに断りもなく……。もしかしたら、奥さまはご存じじゃありませんか？」

「断りもなくって、オノリーヌ。暖炉の鍋はこの家みんなのものよ。私だろうと旦那《だんな》さまだろうと、子供たちだろうと、鍋を持っていくのにあなたの許可はいらないはずよ」

　けれども、オノリーヌはまだ納得がいかない様子で続けた。

「このままじゃ、馬鹿《ばか》なことを言うかもしれませんよ。それほど、あたしは腹を立ててるんだから……」

それを聞くと、

「腹を立ててるって、私たちに？　それとも、あなた自身に？」お母さんは強い口調で言った。「誰に腹を立てているのか、教えてちょうだい。私はぜひ知りたいものね。オノリーヌ、あなたにはびっくりだわ。暖炉にバケツの中身をぶちまけて水びたしにしたくせに、自分がうっかりしていたことを認めるどころか、ほかの人間のせいにしようというんだから……。鍋がなくなっていたとか、誰かが持っていったとか……。それじゃあ、まるで私がどこかに持っていってしまったみたいじゃないの。いくらなんでも、あんまりだわ」

オノリーヌはそれには答えず、居間の片隅にいたにんじんに尋ねた。

「にんじん坊やは知らないかい？　あたしの鍋がどこにいったか？」

すると、お母さんが言った。

「どうしてにんじんが知っているって思うの？　子供に責任はないわ。もう鍋のことは口にしないで。それよりも、昨日の言葉を思い出してほしいわ。昨日、あなたは、『お鍋でちゃんとお湯がわかせなくなったりしたら、その時には自分からお暇をいただきますよ。誰に指図されることもなくね』って言ったのよ。私はあなたの目が悪いとは知っていたけど、ここまでひどいとは思わなかったわ。鍋があるかどうかも見えないなんて……。これ以上はもう何も言わないわ。オノリーヌ、私の身にもなってちょうだい。あなたにはこの状態が私以上にわかっているでしょうから……。自分で考えて結論を出すことね。ええ、かまわないわ。泣きたいならお泣きなさい。気がねすることはないわ。あなたにとっては、確かに泣きたくなるようなことでしょうから」

ためらい

「ママ！　オノリーヌ！」

オノリーヌが泣きはじめたのを見ると、にんじんは声をかけた。だが、そのあとが続かなかった。

「…………」

だって、何を言えばよいのだろう？　その先を続けたら、せっかくの計画が台無しになる。幸いなことに、お母さんが冷たい目でにらんだので、にんじんは思いとどまった。それはそうだ。「オノリーヌ、ぼくが鍋《なべ》を持っていったんだ」なんて、言えるはずがない。

どちらにしろ、オノリーヌを救うことはできないのだ。オノリーヌはもう目が見えない。目が見えなくなっているのだから……。かわいそうだが、しかたがない。そのうち、お母さんの言うとおりにするしか、なくなるのだから……。仮に本当のことを打ち明けたとしても、かえって辛《つら》い思いをさせるだけだ。ここはどうすることもできない運命だとあきらめて、出ていってもらったほうがいい。〈ぼくのせいだとは疑わずに……〉ににんじんは思った。それに、「ママ、ぼくがやったんだよ」とお母さんに言うこともできない。

お母さんは「にんじん、よくやったね」とほめてもくれなければ、にっこりと笑いかけてもくれないだろう。それどころか、「この子は大人の問題に首をつっこんで、家政婦をクビにさせようとしたのよ」とみんなの前で平気で非難するにちがいない。だったら、ここは何も言わないほうがいい。知らん顔をして、お母さんやオノリーヌが鍋を探すのを手伝ったほうが……。

そう考えると、お母さんとオノリーヌが鍋を探しはじめた時、にんじんはいちばん熱心に探すふりをして見せた。

最初に面倒くさくなって、探すのをあきらめたのはお母さんだった。

それから、オノリーヌがあきらめて、何かぶつぶつと言いながら、家から離れていった。にんじんは良心のとがめに押しつぶされそうになりながら、元の自分に戻った。

道具がケースにおさまるように……。そして、考えた。自分がオノリーヌを裁く道具になって、そのまま使い捨てられたような気がした。

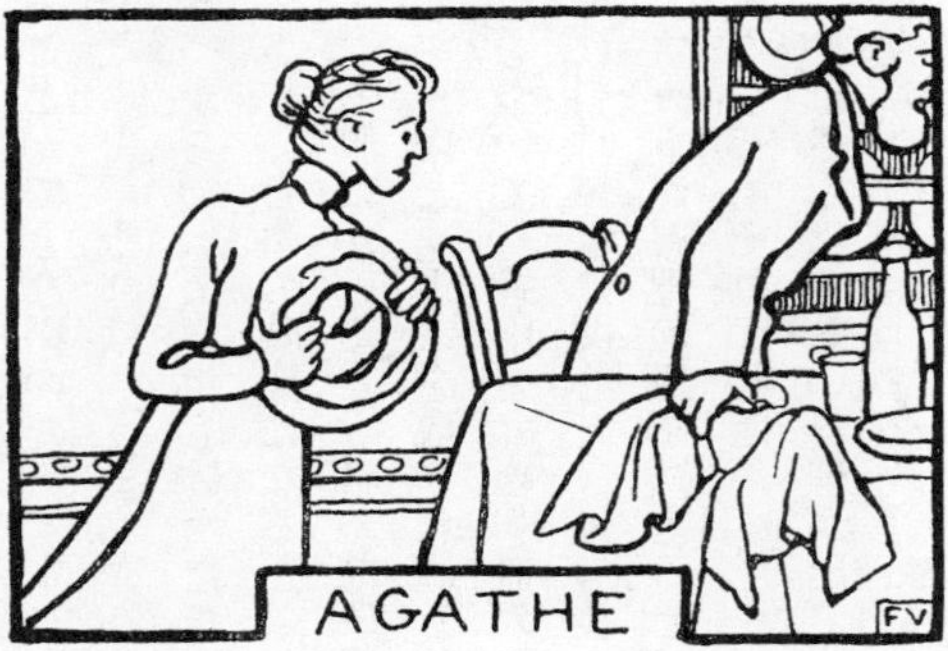

アガト

代わりに家政婦として来たのは、オノリーヌの孫娘のアガトだった。

にんじんはアガトのことをゆっくりと観察することができた。数日の間、家族の関心が自分からそれて、この新入りの家政婦に向かったからだ。

「アガト」お母さんが言った。「部屋に入る前には扉を叩《たた》きなさい。といっても、扉が壊れるほど乱暴に叩くんじゃないのよ」

それを聞くと、にんじんは思った。

〈さっそく始まったぞ。この調子だと、お昼ごはんの時にはどうなるんだろう?〉

一家は昼食を広い台所でとる。アガトはナプキンを腕にかけて、かまどから食器棚、食器棚からテーブルに走る準備をする。息を切らして、頬を真っ赤にして動きまわるほうが性《しょう》に合っているのか、落ち着いて給仕することができないのだ。

たぶん、それは「うまくやりたい」という気持ちが強すぎるからだろう。話し方もせっかちで、笑い声もけたたましかった。

さて、食事の時間になると、お父さんが最初にテーブルについた。お父さんはナプキンを膝《ひざ》にかけると、目の前に置かれた料理の皿のほうに自分の皿を押しやった。そして、肉とソースを取りわけると、また自分の近くに寄せた。それから、自分でワインをついで、背中を丸め、皿のなかを覗《のぞ》きこむようにして食べはじめた。いつものように料理には無関心で、量も控えめだ。

アガトが料理の皿を換えると、お父さんはそのたびに椅子《いす》の上で身体《からだ》を縮こまらせ、尻《しり》をもぞもぞ動かした。

お母さんは新しい料理が出てくると、みずから子供たちに取りわけてやる。まずはお兄さんのフェリックス。お兄さんはおなかをキュルキュル言わせているからだ。次はお姉さんのエルネスティーヌ。これは歳《とし》の順番だ。最後はにんじん。にんじんはいつもテーブルの隅っこにいる。

にんじんに決しておかわりをしない。まるで、おかわりが禁じられているみたいに……。にんじん自身は、「最初に取りわけてもらった分で十分なはずだ」と考えている。でも、「おかわりはいる？」と訊《き》かれたら、喜んで自分の皿に入れてもらう。金属製のコップの件があって以来、ワインは飲まない。それから、お母さんを喜ばせるために嫌いなお米の料理を頬ばる。家じゅうでお母さんだけが、お米の料理が大好きだからだ。

お兄さんのフェリックスとお姉さんのエルネスティーヌは好きなだけおかわりする。ふたりはお父さんと同じように料理の盛られた皿に自分の皿を押しやる。

だが、食事の間、誰も話をしない。

アガトは不思議そうな顔をしている。「どうしてかしら？」と……。どうしてということはない。ルピック家はこうなのだ。それ以上の理由はない。一家の前で所在なげに腕を広げて、アガトは退屈そうにしている。あくびを嚙《か》みころしているのは明らかだ。

お父さんはまるでガラスのかけらを嚙むように、ゆっくりと食べる。

お母さんは普段はカササギよりもおしゃべりなのに、テーブルではほとんど口をきかず、料理を食べる間に手や頭を動かして、身振りで指示を与える。

お姉さんのエルネスティーヌは食事の間、よくぼんやりと天井を見あげている。お兄さんのフェリックスは食事にあきると、パンの白い部分に字や絵を彫って遊ぶ。にんじんはワインがないので、間《ま》がもたない。そこで、〈お皿のソースをパンで拭《ぬぐ》って食事を終えるタイミングをいつにしよう?〉とそればかり考えていた。タイミングが早すぎると、ガツガツと食べてしまったと思われるし、遅すぎるとぐずぐずしていると思われるからだ。そのため、食事の間はいつも頭のなかで複雑な時間の計算をしていた。

と、食事が始まってかなりたった時、お父さんが突然立ちあがって、自分で水差し《カラフ》に水を入れにいった。

それを見ると、アガトは、

「あら、言ってくだされば、あたしがしましたのに……」と言った。

いや、言ったと思えたが、考えただけで口にはしなかったかもしれない。食事の雰囲気があまりに重苦しいので、言葉など出せそうになかったからだ。でも、どうやら自分がミスをしたと悟ったらしい。それからは、みんなの様子にいっそう注意を払うようになった。

そのうちに、お父さんのパンが少なくなりはじめた。アガトは今度こそは先回りしようと、お父さんばかり見つめていた。そのため、ほかの家族に対する注意がおろそかになり、「アガト、なんです、じっと突っ立って。そんなことじゃ枝が生えてきますよ」とお母さんに注意されたほどだ。

「すみません、奥さま。ご用はなんでしょう?」

それからは、アガトはあちこちに気を配るようになった。でも、お父さんからは目を離さない。なんとかお父さんの欲しいものを言われる前に持っていって、認めてもらおうと必死だったのだ。

そして、ついにその時が来た。お父さんがパンの最後のひとかけらを口に入れたのだ。アガトは急いで戸棚に行き、重さが二キロ半もある王冠型《クーロンヌ》のパンを持ってきた。まだ誰も手をつけていないものだ。そうして、旦那《だんな》さまの欲求を先取りして満たしたことに満足して、意気揚々と差しだした。

でも、お父さんはその時にはもうナプキンをテーブルに置いて立ちあがっていた。それから、帽子をかぶると、庭に葉巻を吸いにいってしまった。そうなったら、もうお父さんが食事を続けることはない。

アガトはおなかのところで二キロ半のパンを抱えたまま、茫然《ぼうぜん》としてその場に突っ立っていた。その姿は浮き輪の宣伝に使われている蠟《ろう》人形にそっくりだった。

仕事の分担

「びっくりしたろう?」

食事が終わって、台所でアガトとふたりきりになると、にんじんは言った。「でも、こんなことでがっかりしていちゃいけないよ。これからもよくあることだからね。それはそうと、そんなにたくさんワインを抱えてどうするつもりだい?」

「地下室にしまいに行くんです。にんじんぼっちゃま」

「ああ、そうか。でも、悪いけど、それはぼくの仕事なんだ。少し大きくなって、地下室の階段を降りられるようになってからはね。あの階段はすべりやすいからね。女の人が降りると、ころんで首の骨を折る心配がある。でも、ぼくは男だからね。この仕事を任されているんだ。赤い封蠟《ふうろう》のワインと青い封蠟のワインの区別もつくよ。古くなったワインは売って、ちょっとばかりお金を稼ぐんだ。ほかにはうさぎの毛皮も売ったりするよ。で、稼いだお金はママに渡すんだ。だから、いいかい、お互いに仲よくやろうよ。相手の仕事を邪魔しないようにしてさ。

ぼくの仕事はこうだ。朝はまず犬を外に出してやって、食事も与える。それから夕方には口笛を吹いて、犬を呼び、家に入れる。犬が通りをほっつき歩いていたら、帰ってくるのを待つんだ。夕方にはにわとり小屋の扉を閉めにいく仕事もある。ママがぼくの仕事だって決めたからね。草を抜くのもぼくの仕事だ。どれを抜くか、ちゃんと選んでね。そのあとは穴を足の先で埋めておかなきゃならない。草のほうはうさぎやにわとりに持っていくんだ。パパを手伝って、のこぎりで木を切ることもある。これは身体《からだ》を鍛えるためでもあるんだよ。猟の獲物はぼくが絞める。アガト、だから、君はお姉ちゃんと一緒に羽根をむしればいい。魚のわたをとるのも、ぼくの仕事だ。おなかを割いて、中身を出して……。浮き袋はかかとで踏みつけて、パンって割るんだ。そうだな。じゃあ、君にはうろこをとってもらうことにしようか。井戸から水を汲《く》んでくるのも君の仕事だ。その代わり、糸巻きは手伝うよ。

そうそう、コーヒー豆を挽《ひ》くのはぼくの仕事だ。それから、パパが汚れた靴を部屋で脱ぎちらかした時に、廊下に持っていくのも……。スリッパを持ってくるのはお姉ちゃんの役目だ。そのスリッパには自分で刺繡《ししゆう》をしたもんだから、ほかの誰かにやらせたくないんだ。お使いは遠くまで行くとか、お医者さんを呼びにいくとか、薬を買いにいくとか、大変な用事はぼくが引き受ける。君のほうはせいぜい村まで行って、ちょっとした買い物をしてきてくれればいい。でも、君は毎日、二時間か三時間、川で洗濯をしなければならない。君のする仕事のなかでは、これがいちばん辛《つら》い仕事だ。かわいそうだけどね。ぼくにはどうすることもできない。でも、洗濯物を垣根に干す時は、できるだけ手伝うよ。ぼくの手が空《あ》いていたらね。そうだ。ひとつ言っておかなければならないことがある。果物のなる木には洗濯物を干さないこと。そんなことをすると、旦那《だんな》さまが――つまりパパが怒って、君に注意をするより先に、地面にひきずりおろしてしまうから……。そうなったら、また汚れがついたってママに言われて、君は洗いなおしをしなけりゃいけなくなる。

もうひとつ、靴についても言っておくよ。狩猟用の靴にはたっぷり脂《あぶら》を塗って。それから、長靴にはあまり靴墨をつけないこと。すぐにだめになっちゃうからね。狩猟用のズボンはきちんと洗っちゃいけない。パパは泥をつけておくとズボンが長持ちすると思っているからね。裾《すそ》を折り返さないで、わざと畑のなかを歩いたりもするんだ。ぼくは折り返したほうが好きだけど……。でも、パパのお供で獲物袋を抱えて狩りに行くとするだろ？　その時にズボンの裾を折ろうとすると、いつもこう言われるんだ。『にんじん、おまえは一人前の狩猟家《ハンター》にはなれないぞ』って。でも、出かける前にはママにはこう言われている。『ズボンを汚したら、お仕置きですよ』って。これはまあ、好みの問題なんだろうね。

いずれにしろ、君はそんなに心配することはない。休暇でぼくが家にいる間は、いろいろと手伝ってあげられるからね。ぼくたちは仕事を分担するんだ。学校が始まって、ぼくもお姉ちゃんも、それからお兄ちゃんも寮に戻ったら、君の仕事も少なくなる。だから、どっちにしたって、そんなに仕事が大変になることはないんだ。だいたい、君に対して意地悪をするような人間は、うちにはひとりもいないからね。嘘《うそ》だと思ったら、家族の友人に訊《き》いてみればいい。誰もがそう言うよ。お姉ちゃんのエルネスティーヌは天使みたいに優しいし、お兄ちゃんのフェリックスは気高い心を持っている。パパはまっすぐな精神をしていて、的確な判断力を備えている。ママは料理が名人だって。そうだな、この家で性格的に問題があるのは、ぼくくらいかな。でも、ぼくだって、本当はそんなに悪い人間じゃないと思うよ。うまく扱い方を心得てくれたらね。それにぼく自身もなるべく自分を抑えようとしているし、欠点も直そうとしている。下手な謙遜《けんそん》はやめて言うと、これでもずいぶんよくなっていると思うよ。だから、君がちょっと協力してくれれば、ぼくたちはうまくやっていけるはずなんだ。いや、ぼくのことは〈ぼっちゃま〉なんて呼ばないで。にんじんって呼んでくれればいい。みんなと同じようにね。ほかの呼び方をすると言ったって、〈小さい若旦那さま〉じゃ長すぎるだろう？　ただ、あまり馴《な》れなれしく話しかけるのはやめてほしいな。君のおばあさんのように……。本当のことを言うと、ぼくは君のおばあさんが嫌いでね。いつでも苛々《いらいら》していたんだ」

盲人

杖《つえ》の先でコツコツと遠慮がちに扉を叩《たた》く音がする。

「あの男ですよ。いったい、また何をしにきたんでしょうね」お母さんが言った。

「わかってるだろう？　いつものように十スーをめぐんでもらいにきたんだ。今日は日曜日だからね。中に入れなさい」

お父さんに言われて、お母さんはしぶしぶ扉をあけにいった。そうして、盲人の腕をとると、急いで中にひっぱりこんだ。外の寒さが入ってこないようにするためだ。

「こんにちは、皆さん、おそろいで？」

そう挨拶《あいさつ》すると、盲人はまるでねずみを追い払うように小刻みに杖を動かしながら、部屋のなかに入ってきた。杖の先が椅子《いす》にあたると、座面を確かめながら腰をおろす。

それから、ストーブのほうに凍えた手をかざした。

と、お父さんがその手に十スー硬貨を握らしてやった。

「ほら」

でも、お父さんはそれだけ言うと、また自分の席に戻って、新聞を読みはじめた。

その間、にんじんはテーブルの下に腹這《はらば》いに寝そべって、この様子を面白がって見ていた。盲人の靴についた雪が解けて、床に染《し》みが広がっていくのが楽しかったのだ。

すると、お母さんもその染みに気がついたらしい。

「あらあら、靴を脱がなくちゃ」

お母さんは盲人の靴を脱がせて、暖炉の下に持っていった。けれども、その時にはもう遅かった。盲人の足元にはすでに水たまりができていたのだ。盲人が落ち着かない様子で、足を代わるがわるあげるたびに、泥にまみれた雪があたりに散った。足からは湿ったにおいがした。

にんじんは爪《つめ》の先で床をひっかいた。タイルの割れ目をつたってこちらに流れてくるように、水に合図をしたのだ。深いクレバスをつたって雪解け水が流れてくるように……。

「もう十スーはもらったというのに、このうえ何が欲しいのかしらね」お母さんが聞えよがしに言った。

けれども、盲人は先程からずっと政治の話をしていた。最初はおずおずと……。それから、次第に自信を持って……。言葉がなかなか見つからないと、盲人は手に持った杖をふりまわし、その拍子にストーブの熱い煙突に手をぶつけては、あわててひっこめた。そのたびに疑りぶかそうに、その白い目をきょろきょろさせる。その目にはいつも涙がたまっているように見えた。

盲人がひとりで話を続けていると、新聞をめくっていたお父さんが相槌《あいづち》を打つこともある。

「そうだろう。ティシエ爺《じい》さん。たぶん、そのとおりだろう。でも、あんたは本当にそう思うかね？」

「本当にそう思うかですって？　ルピックの旦那《だんな》さん。いやはや、そいつはちょっと言いすぎだ。いいですかい？　あっしの目がどうして見えなくなっちまったかって言うと……」

それを聞くと、

「こうなったら、もう当分腰をあげるつもりはないわね」お母さんが言った。

実際、盲人は完全に腰を落ち着けてしまったようだった。目が見えなくなった時の事故の様子をとくとくと語りはじめる。それと同時に、身体《からだ》全体が解けはじめたように見えた。盲人の血管には氷が流れていて、その氷が解けてきたようだ。服や手足から油が染みだしているようにも見える。床の水たまりはどんどん大きくなって、もうにんじんのところまで届きそうだ。

〈いいぞ。このままこっちに来たら、泥水で遊ぶことができる〉にんじんは思った。

でも、そこでお母さんが行動を起こした。お母さんはわざと盲人にぶつかったり、肘《ひじ》でつついたり、足を踏んづけたりしながら、盲人を巧みに立ちあがらせ、じりじりと後退させて、食器棚と箪笥《たんす》の間の暖気が届かないところに追いやっていった。盲人は自分がどこにいるのかわからなくなり、あたりをしきりと手探りした。まるで目の前の闇《やみ》を払っているかのように……。その手は壁を這う虫のように見えた。盲人の身体がまた凍りはじめた。血管のなかにまた氷が流れはじめたのだ。

盲人は哀れっぽい口調で話を終えた。

「そうなんでさあ、皆さん。それからは、もう目が見えなくなって……。なんにもなし。かまどのなかにいるように、真っ暗闇でさあ」

盲人の手から杖が落ちた。すると、お母さんがこの時を待っていたとばかりに急いで杖を拾い、盲人の手に渡す——と見せかけて、盲人がつかもうとした瞬間にさっと引いた。

盲人の手が宙を泳いだ。

お母さんはその手に杖を触れさせ、盲人が手を伸ばすと、また杖を引いた。そうやって、少しずつ戸口のほうに誘導していき、靴をはかせる。

それから、これまで我慢していた仕返しをするように、盲人の腕を軽くつねると、外に押しだした。空は灰色の厚い雲に覆《おお》われていて、激しく雪が降っている。戸外に置き去りにされた犬のように、悲しげに風が泣いている。

お母さんが耳の悪い人に言うように、大声で言った。

「さようなら、ティシエお爺さん。十スー硬貨をなくさないようにね。じゃあ、また来週の日曜日に。天気がよくて、あなたがまだ生きていたらね。ほんとに、あなたの言うとおりだわ。人間なんていつ死ぬかわからないんですもの。まあ、あまり不平ばかりこぼさないことね。辛《つら》いのは誰も同じよ。神さまはみんなのものなんですから……」

新年

雪だ。元日はやはり雪でなければならない。お母さんはわざと庭の門をあけていない。お年玉をもらいに、近所の貧しい子供たちが入ってくるからだ。実際、子供たちはすでにやってきていて、掛け金を揺さぶったり、扉の下のほうを足で蹴《け》ったりしている。最初は遠慮がちだったその音は、だんだん激しく、腹立ちのこもったものになっていく。けれども、そんなことをしても無駄だと知ると、子供たちは窓のほうを恨めしそうに見あげながら、遠ざかっていく。窓からはお母さんがそれをじっと見つめている。地面に降りつもった雪のせいで、子供たちの足音は聞こえない。

にんじんはベッドから飛び起きると、庭の水槽に顔を洗いにいった。石鹸《せっけん》はない。水は凍っていた。顔を洗うためには氷を割らなければならない。力を込めて氷を割っているうちに、朝の運動で、身体《からだ》はストーブのように熱くなってきた。健康的だ。でも、にんじんは顔を洗う真似《まね》だけをした。いくら念入りに身づくろいしても、どうせ「この子は汚い」と思われてしまうのだ。だったら、本当に汚れている時だけ洗えばいい。

こうして朝の身支度をすませると、にんじんは元日の儀式に参加するために元気よくお兄さんのフェリックスの後ろに並んだ。お兄さんはお姉さんのエルネスティーヌの後ろに並んでいる。三人は一列になって台所に入っていった。そこにはもうお父さんとお母さんがいて待っていた。でも、ふたりとも待っていた素振りは見せない。お姉さんがふたりにキスをして言った。

「おはよう、パパ。おはよう、ママ。パパやママにとって、今年がいい年でありますように……。パパやママが健康に恵まれ、つつがなく人生を生き、そのあとは天国に行けますように……」

それが終わると、お兄さんが同じことを言った。でも、早口で、最後の言葉は駆け足になった。お兄さんもお姉さんと同じようにお父さんとお母さんにキスをした。

そして、にんじんの番になった。にんじんはお姉さんやお兄さんと同じようにはせず、帽子のなかから封筒を取りだした。封筒の表にはこう書かれていた。

《大切なパパとママへ》

住所はない。ただ、隅のほうにきれいに彩色された珍しい種類の鳥が一羽、矢のように飛んでいる絵が描かれていた。

にんじんはその封筒をまずお母さんに差しだした。お母さんは封を切って、中から便箋《びんせん》を取りだした。便箋には全体にレースのような花柄の模様が型押しされていて、そのせいで時おりペンがひっかかって、ところどころにインクが飛びはねていた。

と、お父さんが言った。

「私にはないのか?」

「パパとママ、ふたりの分だよ。ママが読みおわったら、見てね」にんじんは答えた。

「なるほど。そうすると、なんだな」お父さんは言った。「おまえはお父さんよりお母さんのほうが好きだということだな。それなら、この新しい十スー硬貨がおまえのポケットに入るかどうか。あとでポケットを探してみるといい」

「ねえ、もうちょっと待ってよ。今、ママが読みおわったから」

「きっとよく書けているんでしょうね。でも、字が汚いから、読めなかったわ」お母さんが言った。

けれども、それにはかまわず、にんじんは言った。

「さあ、パパ、早く。パパの番だよ」

にんじんは手紙をお父さんに渡すと、脇《わき》にじっと立って、お父さんの言葉を待った。お父さんはいつものように「ふむ、ふむ」と言いながら、時間をかけてゆっくりと、何回も手紙を読み返していたが、やがてテーブルの上に置いた。

お父さんとお母さんが読んでしまえば、手紙はもう用を果たしたことになる。ということは、もう誰のものでもない。誰が読んでもいいということだ。そこでさっそくお姉さんとお兄さんが手紙を読みはじめた。代わるがわる便箋を覗《のぞ》きこんでは、綴《つづ》りのまちがいを探している（それができるということは、にんじんの字はいつのまにかきれいになったらしい）。ふたりはやがて、にんじんに便箋を返した。

にんじんは無理に笑顔をつくると、みんなの前で手紙をひらひらさせた。

「この手紙を欲しい人はいないの？」とでも言うように……。

でも、誰もそんなことは言ってくれないので、しかたなく帽子のなかに戻した。それから、お父さんとお母さんから新年のプレゼントが渡された。お姉さんのエルネスティーヌは自分の背丈と同じくらいの、いや、それよりももっと大きなお人形をもらった。お兄さんのフェリックスは戦争ごっこをして遊べる鉛の兵隊のセットをもらった。それが終わると、

「にんじん、あなたにはびっくりするような物が用意してあるわよ」お母さんが言った。

「うん！」

「どうして、『うん！』だなんて言うの？　何をもらえるか知っているなら、もう見せる必要はないわね？」

「知らないよ。ほんとさ。嘘《うそ》だったら、天国に行けなくてもいい」

そう言うと、にんじんは嘘じゃないことを示すために、胸の高さに手をあげた。それを見ると、お母さんが食器戸棚をあけた。にんじんは胸がどきどきした。お母さんは戸棚のなかに肩まで腕をつっこむと、ゆっくりともったいぶった手つきで、黄色い紙にのせたものを取りだした。赤い飴《あめ》で作ったシュガー・パイプだ。

にんじんは一瞬のためらいも見せずに喜びの声をあげた。その次にどうすればいいかもわかっていた。お父さんやお母さんの前で、なるべく早くパイプを吸ってみせるのだ。お兄さんやお姉さんが羨《うらや》ましそうに見守るなかで……（お兄さんやお姉さんだ

って全部をもらうわけにはいかないのだ！）。二本の指で簡単にパイプをはさむと、にんじんは少し反り身になって、顔を左に傾けた。口をすぼめて頬をひっこめ、音を立てて煙を吸い込む真似をする。

それから上を向いて、天まで届くように、大きな丸い煙を吐きだした。みんなのほうを向いて言う。

「こいつはいいパイプだ。煙の通りがいいよ」

休暇の始めと終わり

にんじんはお兄さんやお姉さんと一緒に休暇で家に戻ってきた。乗合馬車を降りて、遠くに両親の姿が見えると、にんじんは考えた。

〈パパやママのところにこのまま走っていこうか？〉

でも、迷った。

〈ここからだと早すぎるかな。着いた時には息が切れてしまう。それにいくらなんでも大げさかもしれない〉

それから、また歩きながら考えた。

〈もう走ってもいいかな。いや、あそこまで行ったらだ〉

考えることはほかにもあった。〈帽子を脱ぐのはどのタイミングがいいんだろう？　パパとママのどっちに先にキスをしたらいいんだろう？〉

けれども、そんなことを考えているうちに、お兄さんとお姉さんが走りだして、お父さんとお母さんに飛びつき、しっかりと抱きしめられて、キスをされていた。にんじんが着いた時には、もうにんじんの分のキスは残っていなかった。

「パパ」にんじんはお父さんに呼びかけて、飛びつこうとした。すると、

「どうしてお父さんのことを『パパ』だなんて呼ぶの？」お母さんが言った。「あなたの年で『パパ』って呼ぶのはおかしいわ。『お父さん』と呼びなさい。それから、もう子供じゃないんだから、飛びついたりしないで握手をしなくては……。そのほうがずっと男らしいわ」

それから、お母さんはにんじんのおでこに一度だけキスをした。にんじんがひがまないようにするためだ。

にんじんは休暇で家に帰るのを楽しみにしていた。それなのに、泣きたい気分になった。

〈きっと嬉《うれ》しくて泣けちゃうんだ〉にんじんは思った。〈だって、ぼくは思っている

ことが反対の形で表われてしまうことがよくあるから……。こういうことはよくあるんだ〉

新学期の開始は十月の最初の月曜日の朝と決まっている。今年は十月二日だ（ちなみに、始業式はまず聖霊のミサから始まることになっていた）。その当日、遠くから乗合馬車がやってくる鈴の音が聞こえてくると、停車場ではお母さんが両腕を広げて、子供たちを抱きしめた。けれども、にんじんはその腕のなかに入っていなかった。にんじんは別れの言葉を用意し、馬車に乗る準備をしながらも、なおも辛抱づよく、自分が抱きしめてもらえる順番を待った。でも、悲しいことに、馬車はもうすぐそこまでやってきていた。あまりに悲しくて、鼻歌を歌ってしまったほどだ。それでも、にんじんは胸を張って言った。

「さようなら、お母さん」

するとお母さんは答えた。

「なんですって？　ほんとに、あなたはもう！　子供のくせに大人ぶって……。そんなに私のことを『ママ』って呼びたくないの？　お兄さんやお姉さんもそう呼んでいるのに……。あなたはまだ洟《はな》を垂らした子供なんだから、人とちがったことをすればいいってもんじゃありません！」

それでも、お母さんはにんじんのおでこに一度だけキスをした。にんじんがひがまないようにするためだ。

ペン

にんじんとお兄さんのフェリックスは、サン・マルク学生寮から近くの中学に通っている。したがって、ふたりはほかの寮生たちとともに、日に二度、寮と学校を往復することになる。寮生にとっては、これはちょっとした散歩で、晴れた日には気持ちがよかったし、雨が降っても距離が短いので、それほど濡《ぬ》れることがなく、かえってすがすがしかった。いずれにしろ、健康にはよかった。

ある日のこと、午前中の授業が終わって、みんなでぞろぞろ歩いていると、誰かが叫んだ。

「おい、にんじん、おまえの父さんがいるぜ」

にんじんは顔をあげた。下を向いて歩いていたので、気がつかなかったのだ。

お父さんは時々、こうやって子供たちを驚かせることがある。知らせもよこさず、いきなり街角や歩道の行く手に姿を見せるのだ。そういう時は、両手を後ろに組み、煙草《たばこ》をくわえていた。

にんじんとお兄さんは列を抜けだし、お父さんのところに駆けていった。

「ほんとにパパだ」にんじんは言った。「パパに会うとは考えもしなかったよ」

「そうか。私のことは考えもしないんだな。実際に会うまでは……」お父さんが言った。

にんじんは何か愛情を示せるような返事がしたかった。でも、言葉が出てこなかった。ほかにしなければならないことがあったからだ。一生懸命背筋を伸ばし、爪先《つまさき》で立って、お父さんの頬にキスをしようとしたのだ。でも、それはなかなかうまくいかなかった。最初は顎《あご》ひげのところに唇が触れるところまでいったのに、それを避けるようにお父さんが顔を後ろに引いたからだ。それから、お父さんは一度かがんで、二、三歩後ろにさがった。にんじんは頬にキスをしようとしたが、それは鼻をかすめただけだった。キスは失敗に終わった。にんじんはどうしてこんなことになるのかと考えた。

〈パパはぼくが嫌いになってしまったんじゃないだろうか？〉心のなかでつぶやく。〈お兄ちゃんがキスをしようとした時には、後ろにさがったりせずに、するままにさせておいたもの。まちがいない。ぼくは見たんだ。それなのに、どうしてぼくのキスは避けたんだろう？　ぼくをひがませるため？　よくそういうことはあるからな。ああ、寮に入って三カ月もパパやママと離れていたら、会いたくてたまらなくなるのに……。会った時には子犬のように飛びついて、撫《な》でてもらいたくなるのに……。でも、パパやママはそう思ってないんだ。ぼくなんてどうでもいいんだ〉

そんなことを考えていたので、にんじんはお父さんの質問にちゃんと答えることができなかった。

「ギリシア語はどうだ？」お父さんは言った。

「課題によるよ。ギリシア語をフランス語に訳すほうが、フランス語をギリシア語に訳すよりいい。フランス語にするほうが推測がきくからね」

「ドイツ語は？」

「ああ、パパ。ドイツ語は発音が難しいよ」

「まったく、しかたがないな。プロシヤが宣戦布告してきたら、敵の言葉も知らずにどうやって戦うつもりだ？」

「これからがんばって勉強するよ。それに、パパは戦争、戦争ってすぐにぼくをおどかすけど、戦争はすぐには起こらないよ。ぼくが学校を卒業するまで、ないと思うな」

「そう言えば、この間の試験の結果はどうだった？　まさかびりっけつということはないだろうな？」

「そう言ったって、誰かがびりになるんだよ」

「まったく！　ところで、今日が日曜だったら、これからおまえたちにお昼をごちそうしたいところだが、まあ、勉強の邪魔になるからやめておこう」

にんじんはすぐさま答えた。

「ぼくのほうは別に問題ないよ。お兄ちゃんは？」隣にいたお兄さんに尋ねる。

「ぼくも大丈夫だよ。先生が午前の宿題を出すのを忘れちゃったみたいだから……」

お兄さんは答えた。

「それなら、予習をすればいい」

「もうしちゃったよ。昨日やったところと同じところだからね、パパ」

だが、お父さんは首を横に振った。

「いずれにしろ、今日はだめだ。寮に戻りなさい。こちらには日曜日までいるようにするから、昼食はその時にしよう」

その言葉に、お兄さんは口をとがらせた。にんじんはわざと神妙な顔をしていた。

でも、お父さんの気持ちは変わらず、とうとう別れる時間になった。

にんじんはこの時が来るのを不安な気持ちで待っていた。

〈今度はうまくいくだろうか？　パパはぼくがキスをするのを嫌がるだろうか？〉心のなかでつぶやく。

それから、えいとばかりに決心して、唇を突きだし、まっすぐにお父さんを見て近づいた。

けれども、お父さんは顔を手で覆《おお》って、にんじんから逃げる素振りをした。

「おい、おまえは何を考えているんだ」にんじんに言う。「耳にはさんだペンで私の目をつぶす気か？　キスをする時にはペン軸を耳からはずそうとは思わないのか？　私だってキスをする時には煙草を口からはずすんだから……。もっとそういうことに気がついて欲しいね」

「ああ、そうだね、パパ。ごめんなさい」にんじんは答えた。「本当だ。このままじゃ、ぼくのせいで、いつか大変なことが起こってしまう。前にも言われたことがあるんだよ。でも、ペンはあんまりぴったりぼくの耳にはまっているんで、ついはさんでいることも忘れちゃうんだ。ペン先だけでもはずしておけばよかったね」それから、笑みを浮かべてつけ加えた。「本当にごめんなさい。でも、ペンが怖かったんだってわかってほっとしたよ」

「こらこら、危うく私の目をつぶすところだったのに、笑っているんじゃない」

「ちがうよ、パパ。笑ったのは別の理由からだよ。あんまりぼくが馬鹿《ばか》なことを考えていたから、自分でも可笑《おか》しくなっちゃったんだ」

赤いほっぺ

I

サン・マルク学生寮では、まず寮長先生が夜の見回りをする。寮長先生の足音が聞こえると、生徒たちはベッドにもぐりこみ、毛布からはみ出ないように、そのなかで小さくなる。そして、見回りをすませて寮長先生が共同寝室から出ていくと、今度は自習監督のヴィオロン先生がやってくる。ヴィオロン先生は入口で部屋のなかを見渡して、生徒たちがベッドに入っているのを確かめると、爪先立《つまさきだ》ってガス灯の明かりを静かに暗くする。すると、たちまち隣同士のベッドでおしゃべりが始まる。いたるところで枕元《まくらもと》から枕元にささやきがかわされ、ひっきりなしに唇が動く。声は混じって、ただのざわめきになっている。けれども、そのなかで時おり、子音がひとつかふたつ、はっきりと聞こえることもある。

そのうちに、ざわめきは次第に大きくなり、暗闇《くらやみ》のなかを動きまわるネズミのように、沈黙をかじりとっていく。

けれども、ヴィオロン先生は生徒たちに注意を与えることもなく、共同寝室の奥に入っていって、ベッドの間を歩きまわる。時おり、毛布から出ている足をくすぐったり、ナイトキャップのポンポンをひっぱったりしながら……。そうして、マルソーのベッドまで来ると、立ちどまっておしゃべりを始める。このおしゃべりは、毎日、夜がふけるまで続く。その間に、ほかの生徒たちはひそひそ話をやめ、毛布を顔のところまでひっぱりあげて寝てしまう。共同寝室のざわめきは次第にくぐもったものになり、最後にはやんでしまう。それでも、たいていの場合、ヴィオロン先生はマルソーの枕元でおしゃべりを続けている。ベッドの頭部についた鉄のパイプに両肘《ひじ》をのせ、そのせいで腕がしびれて、指の先までまるでアリが皮膚を這《は》っているようにぞわぞわしているが、決してそこから立ち去ろうとしない。

そうして、わざと子供っぽい話をしたり、秘密の話や恋物語をして、マルソーを眠らせようとしない。恋物語をすると、マルソーの頰にうっすらと赤みが差す。それはまるで白く透きとおった肌を通して内側から輝いているようで、ヴィオロン先生はその頰をこよなく愛した。これは肌ではない。漉《す》いた紙だ。その下からは細かい静脈が、まるで地図の上に薄紙《うすがみ》を置いたように透けて見える。もともと、マルソーは特別な理由がなくても、突然、少女のように魅惑的に頰を赤らめたりするのだ。そのせいで、みんなからかわいがられていた。同級生の誰かがマルソーの頰を指の先でつついたりすると、そこにはまず白い指の跡が残る。ところが、その跡はすぐに赤くなり、その赤はまるで透明な水に赤いワインを垂らしたように豊かな色合いで、鼻の先から耳たぶまでさまざまにニュアンスを変えながら、マルソーの肌を薄く染めていく。鼻の先はバラ色で、耳たぶはライラック色だ。みんなはこぞって、マルソーの頰を指でつついて試してみた。マルソーは決して嫌がらずに、黙って頰を差しだした。そうしたことから、マルソーには〈ランプ〉とか〈ランタン〉とか〈ほっぺ〉といった仇名《あだな》がついていた。けれども、同級生のなかにはマルソーがすぐに頰を赤らめることができるのを見て、羨《うらや》ましがってマルソーを憎む者もいた。

にんじんもそのひとりだ。にんじんは瘦《や》せて生気のない、白塗りのピエロのような顔をしている。だから、いくら自分の頰をつねっても（いつもしているわけではないが）、血の気のない顔は赤くならない。頬が美しくバラ色に染まることはないのだ。それを思うといつも、にんじんはオレンジの皮をむくようにマルソーの赤い頬に爪《つめ》をたて、何本もひっかき傷を作ってやりたくなった。

さて、ある晩のこと、隣のベッドの枕元にヴィオロン先生がやってくると、にんじんはふたりのやりとりに耳をすませた（にんじんはマルソーの隣のベッドで寝ていた）。ヴィオロン先生がいったいどうして毎晩、マルソーのところにやってきておしゃべりをするのか、その理由をつきとめてやりたくなったのだ。ヴィオロン先生の秘密めかした様子を見れば、きっと誰もがそう思うだろう。けれども、毛布のなかでただ黙って耳をすませばいいだけなのに、そうと決めると、にんじんはいつものようにあれこれ考えすぎて、小細工を弄《ろう》した。大げさにいびきをかいてみせたり、寝返りを打ってみせたり、あげくのはてには、悪夢にうなされたふりをして叫び声をあげることまでした。この時には誰もが目を覚まして、恐ろしさに縮こまった。あちらこちらで毛布が大きく波打つのが見えた。

そのあと、ヴィオロン先生がマルソーとおしゃべりをやめ、扉のほうに遠ざかっていくと、にんじんはマルソーに声をひそめて何度も言った。

「おい、変態、変態! 毛布から顔を出せよ」

けれども、マルソーが返事をしないので、にんじんはベッドの上に膝《ひざ》をつくと、マルソーのほうに身を乗りだして、腕を揺すった。

「おい、聞いてるのか? 変態!」

マルソーは聞いているようには見えなかった。にんじんは苛々《いらいら》した声で続けた。

「たいしたもんだな。ぼくが見ていなかったとでも思っているのか? 君はあいつとキスをしていたろう? そうだろう? この変態!」

そう言いながら、ベッドの縁で身を起こして、警戒したガチョウのように首を伸ばし、いつでも殴ってやるとばかりに拳《こぶし》を握りしめる。顔からは血の気がひいていた。

と、今度はそれに答える声がした。

「だったら、どうしたと言うんだ?」

その声を聞くと、にんじんはあわてて毛布のなかにもぐりこんだ。

自習監督がベッドのところに戻ってきたのだ。

2

「そのとおりだ。確かに私はマルソーにキスをした」ヴィオロン先生は言った。それから、マルソーに向かって続ける。「マルソー、君は本当のことを言ってもいいんだよ。別に悪いことはしていないんだから……。私はただ、君の額にキスをしただけだ。でも、にんじんにはわからないんだ。年齢にしては品性が下劣だからね。あのキスが純潔で、父親が息子にするような、いや、兄が弟にするようなと言ってもいい、そんなキスだとはわからないんだよ。根性がひねくれているんだ。きっと、明日になったらあちこちに言いふらすだろう」

ヴィオロン先生の声は震えていた。その間、にんじんは眠っているふりをした。それでも毛布から顔を出して、話を聞かずにはいられなかった。

いっぽうマルソーは、息を押し殺して、ヴィオロン先生の話を聞いていた。そのうちに、身体《からだ》が震えてくる。というのも、ヴィオロン先生の言葉は自然に思えたが、その言葉には何か触れてはならない秘密が隠されているように思われたからだ。

にんじんが隣のベッドで聞いていると、ヴィオロン先生の声はだんだん小さくなっていった。唇からはわずかに息の洩《も》れるような音しかしない。言葉はほとんど聞きとれなかった。にんじんはもっとよく聞きたかったが、顔をあげる勇気はなかった。そこで、わずかに腰を動かして、ベッドの端ににじりよった。けれども、やはりヴィオロン先生の言葉は聞きとれなかった。にんじんは注意を集中した。あまり集中したので、耳の穴が大きく開いて、漏斗《ろうと》のようになってしまったかと思われた。しかし、それでも声は鼓膜に届かなかった。

にんじんは、家で扉の鍵穴《かぎあな》から覗《のぞ》き見をする時のことを思い出した（にんじんはよく覗き見や盗み聞きをすることがある）。そういった時は、鍵穴に目をくっつけながら、その穴を広げ、鉤《かぎ》を使って見たいものを引き寄せたくなる。そんな感じだった。あいかわらず、ヴィオロン先生の声は聞こえない。けれども、にんじんには何を言っているかわかった。きっとさっきの言葉を繰り返しているのだ。

「私のキスは純潔なものだ。純潔な……。あいつは根性がひねくれているから、それがわからないんだ」

やがて、ヴィオロン先生は身体をかがめて、マルソーの上にそっと覆《おお》いかぶさった。額にキスをする。顎《あご》ひげが絵筆のようにマルソーの頬を撫《な》でた。キスが終わると、ヴィオロン先生は身を起こし、ベッドの間を通りぬけて扉のほうに去っていった。にんじんはその姿を目で追った。途中でヴィオロン先生の手がベッドの長枕に触れると、そこで寝ていた生徒が何やら寝言をいいながら、寝返りを打った。

寝室の扉が閉まったあとも、にんじんは長い間、様子を窺《うかが》った。またヴィオロン先生が戻ってくるのではないかと思ったのだ。その間に、マルソーはもうベッドのなかで丸くなっていた。けれども、毛布の下で、その目はしっかりと開いていた。にんじんには想像もつかなかったが、マルソーはヴィオロン先生の態度や言葉が気になって、思い出しては考えていたのだ。確かにそこには下劣なものはなかった。その点では罪悪感に苦しめられることはなかった。けれども、毛布のつくる真っ暗闇のなかで、気がつくといつのまにかヴィオロン先生の顔が浮かんできた。その顔は、時おり夢のなかに出てきて、身体を熱くさせる女たちのように、優しく輝いていた。

いっぽう、にんじんはだんだん眠くなってきた。瞼《まぶた》が磁石のようにくっついてきている。そこで、ほとんど消えかかったガス灯の明かりを見つめることにしたが、バーナーの先で炎が三回、瞬《また》いたのを見たところで、眠りに落ちていた。

3

翌朝、洗面所でにんじんはマルソーの姿を見つけた。蛇口の前ではほかの生徒たちがタオルの角をほんの少しだけ水に濡《ぬ》らし、冷たい頬を軽くこすっている。にんじんは心のなかでできるだけ残忍な気持ちをかきたて、意地悪そうにマルソーを見つめると、歯の間から息を洩らすようにして昨日のひどい言葉を投げつけた。

「変態！　変態！」

マルソーはたちまち頰を紅潮させた。けれども、怒りはせず、ほとんど懇願するような目でにんじんを見て、言った。

「そうじゃないよ。君が思っているようなことじゃないんだ」

そのうちに朝の衛生検査の時間になった。生徒たちは寝室に戻ると二列に並び、両手を差しだした。その列の間を自習監督が通り、まず手の甲、それから素早くひっくり返して、手のひらを検査していく。検査が終わると、生徒たちは手近な暖を求めて、急いで両手をポケットにつっこんだり、羽根ぶとんの下にもぐらせたりする。自習監督のヴィオロン先生は、普通なら厳しい検査はしない。生徒たちの手をろくに見ないで通りすぎるのだ。けれども今日は、先生にとってもにんじんにとってもタイミングが悪いことに、にんじんの手が汚れているのを見つけてしまった。にんじんはもう一度、手を洗ってこいと言われて、反抗した。「この青いしみは汚れじゃありません。霜焼けの始まりです。先生はぼくに恨みを持っているんじゃありませんか？」

そこで、ヴィオロン先生はにんじんを寮長先生のもとに送らざるを得なくなった。寮長先生は早起きで、この時間にはもう緑の壁の古ぼけた自室で、歴史の授業の準備をしていた。暇な時間があると、年長クラスの授業を引き受けることがあるのだ。

テーブルを年表に見立てると、寮長先生はテーブルクロスの上に太い指を押しつけ、印をつけていった。こちらは〈ローマ帝国の滅亡〉。真ん中あたりは〈トルコによるコンスタンティノープルの陥落〉、そしてそれよりずっと下には現代史……。現代史はどこから始まるのかよくわからない。どこまで続くかも不明だ。

にんじんが部屋に入った時、寮長先生はまだ部屋着に身を包んでいた。部屋着はゆったりとしていて、胸のところに刺繡《ししゅう》つきの飾り帯がついている。寮長先生はがっしりとした体格をしているので、その姿は太い柱にロープを巻いているように見えた。おそらく食事をとりすぎるのだろう、顔は肉づきがよく、てらてらしていた。声は大きく、女性に対しても強い口調で話しかける。口を開くと、カラーの上で首の皺《しわ》がゆっくりとリズミカルに揺れた。顔の特徴はまんまるな目ともじゃもじゃの口ひげだ。

寮長先生の前に立つと、にんじんは帽子を股《また》の間にはさんだ。自由に手が動かせるようにするためだ。

「どうしたんだね？」寮長先生が尋ねた。大きくて震えあがるような声だ。

「ヴィオロン先生にここに来るように言われたんです。手が汚れているからと言って……。でも、それはほんとじゃないんです！」

そう言うと、にんじんは寮長先生に両手を見せた。最初に手の甲。それから、手のひら。そして、もう一度、手のひら。それから、手の甲。

「ふむ、ほんとじゃない。四日間の謹慎部屋だ」

「ヴィオロン先生はぼくのことを恨んでいるんです」

「ヴィオロン先生は君のことを恨んでいる。一週間の謹慎部屋だ」

にんじんは寮長先生がどういう人間かわかっていた。だから、謹慎部屋くらいで驚きはしない。それどころか、今日はどんな試練にでも耐えるつもりでいた。身体を固くし、足を踏ん張って、行くところまで行くつもりでいたのだ。たとえ平手打ちを食っても……。寮長先生は衛生検査のことで生徒がごねると、思わずひっぱたく癖があるのだ。パシッと……。といっても、その時、生徒が平手打ちを予測して、器用に身をかがめると、寮長先生の手は空を切り、身体のバランスを崩して、生徒たちの失笑を買う。その場合は、しかし、寮長先生はやりなおそうとはしなかった。生徒の動きを見きわめるのにフェイントをかけたりもしない。寮長としての威厳にかかわるからだ。平手打ちを食らわすなら、正々堂々、見事に頬をとらえなければならない。さもなければ、初めからなかったことにしなければならないのだ。

「寮長先生！」にんじんは頭を昂然《こうぜん》とあげて、大胆に言った。「ヴィオロン先生とマルソーは変なことをしているんです」

それを聞くと、寮長先生は目の前に突然こばえが飛んできたかのように、目をぱちぱちさせた。両手の拳《こぶし》を握りしめると、机の上につく。それから、腰を浮かせて、まるでにんじんに頭突きを食らわすかのように顔を突きだした。

「どんなことだ？」しゃがれた声で尋ねる。

にんじんはとっさに後悔した。これだったら、アンリ・マルタンが著した分厚い歴史書の一冊を投げつけられたほうがましだ。ヴィオロン先生とマルソーがしていたことを詳しく説明するくらいならば……。

寮長先生は何も言わずに、にんじんの返事を待っている。首の皺はなくなって、革のクッションのように分厚い肉の塊がカラーの上に垂れさがっている。そのクッションの上には斜めに傾《かし》いだ頭がのっかっていた。

にんじんは迷った。けれども、そのうちにどうしても言葉が浮かんでこないことがわかった。にんじんは困ったような顔をして、背を丸め、どうしていいかわからないといったように股の間から帽子を取りだした。頭が自然に垂れてくる。帽子をそっと顎のところまで持ちあげると、にんじんはしばらくの間もじもじし、それからいかにも恥いったように、帽子でそっと歪《ゆが》んだ顔を隠した。

4

その日、ヴィオロン先生は寮長先生から簡単に事情を訊《き》かれ、そのまま解雇された。生徒たちとの別れの場面は感動的で、ほとんど送別会のようになった。「また戻ってくるよ」ヴィオロン先生は言った。「ちょっとの間、留守にするようなものだから……」

けれども、その言葉を信じる生徒はひとりもいなかった。寮はよく職員の入れ替えをするのだ。まるでいつまでも同じ職員を雇っていると、かびが生えてしまうとでも言うように……。今回は自習監督の入れ替わりだ。ヴィオロン先生もほかの職員と同じように寮を出ていくのだ。それだけのことだ。もっとも、いい先生ほど早く出ていくのであるが……。ヴィオロン先生は多くの生徒たちから愛されていた。ノートの表紙にタイトルを書かせたら、右に出る者はいない。生徒たちが頼みに行くと、《……のギリシア語の練習帳》のように《……》のところに生徒の名前を入れて、看板の文字のように美しい大文字でタイトルを書いてくれるのだ。そういう時は、生徒たちはみんな自分の席を離れ、先生の机のまわりに集まった。自習したノートを持っていくと、緑色の宝石が輝くきれいな指輪をはめた美しい手がページを上からなぞっていき、いちばん下には毎回、即興で作ったサインをしてくれた。そのサインは文字というよりは図案で、水に落とした石がゆらゆらと揺れながら沈んでいくように、規則正しく、それでいて気まぐれに線が引かれていった。それはあちらこちらをさまよい、最後には図柄のなかに消えていく。よく見なければ、どこから始まってどこで終わったのかわからない。もちろん、これは一筆書きで描かれる。小さな傑作。ノートのいちばん下の余白にこの美しいサインができあがると、生徒たちはため息をついた。だから、ヴィオロン先生がいなくなるということを聞いて、生徒たちは心から悲しんだ。

これはひとつ寮長先生に不満を表明しなくては……。生徒たちは考えた。寮長先生の顔を見たら、頰をふくらませ、息を出しながら唇を震わせ、蜂《はち》の羽音のような音をたてるのだ。これはそのうちに、絶対にする！

でも、今はまだお見送りの時だ。生徒たちは何よりもヴィオロン先生がいなくなることを悲しんでいた。ヴィオロン先生もこういうことになったのが悔しくて、昼休みで生徒たちが戻ってくる時間をわざと選んで、寮を出ていくことにしていた。

さて、ヴィオロン先生が用務員のおじさんにトランクを持たせて寮の建物を出ると、中庭にいた生徒たちがいっせいにまわりに集まってきた。ヴィオロン先生は生徒たちと握手をし、その顔を軽く叩《たた》いた。それから、フロックコートの裾《すそ》を握る生徒たちの手をコートが破れないように、そっとふり払った。感動に満ちた、優しい笑顔で……。ヴィオロン先生の姿を見ると、鉄棒にぶらさがっていた生徒たちは逆上がりを途中でやめ、地面に飛びおりた。シャツの裾がめくれあがり、額には汗が光っている。ロージンをつけているので、指は開いたままだ。トラックを回っていた生徒たちはもう少し冷静で、みんな、ぽかんと口をあけていた。先生が辞めるのが信じられないのか、ランニングをやめなかった。ただ、さようならの合図に先生に手を振っただけだ。用務員のおじさんはトランクの重みで前かがみに歩いていたが、先生が時々立ちどまって、生徒たちと別れの挨拶《あいさつ》をするので、自分も立ちどまって距離を保たなければならなかった。すると、年少の生徒がひとりやってきて、砂で汚れた指を用務員のおじさんの白い上っ張りでふいていった。マルソーの頬は絵の具で描いたように紅色に染まっていた。マルソーにとっては人生で初めて経験する辛《つら》い別れだった。ヴィオロン先生と会えなくなるのは従妹《いとこ》に会えなくなるのと同じくらい悲しい……。マルソーはそう考え、自分がそんな恐ろしいことを考えていることに気づくと恥ずかしくなった。そこで、これ以上、気持ちが動揺しないように、先生には近寄ろうともしなかった。そのマルソーを見つけると、ヴィオロン先生のほうはなんのためらいもなく近づいていった。

その時、どこかでガラスの割れる音がした。

誰もがその音のほうをふりかえった。格子《こうし》のはまった謹慎部屋のガラス窓を……。そこには卑屈で残忍そうな表情を浮かべた、にんじんの顔があった。にんじんは檻《おり》のなかに入れられた性悪な小動物のように顔を歪め、白い歯をむきだしにしていた。顔色はあおざめ、もじゃもじゃの髪が目のあたりを覆っている。と、その時、また思いがけないことが起こった。にんじんの拳が割れた窓ガラスの隙間《すきま》に差しこまれたのだ。ガラスはまるで生き物のようににんじんの拳を嚙《か》み、そこからは真っ赤な血が流れだした。血だらけの拳をふりあげると、にんじんはヴィオロン先生をおどす真似《まね》をした。

それに気づくと、

「このひねくれ小僧！　これで満足したか！」ヴィオロン先生が怒鳴った。

「満足したよ！」にんじんは叫んだ。それから、断固たる気持ちを示すように、もう一度、拳でガラスを割ると、続けた。「どうして、ぼくにはキスしてくれなかったんだよ？　どうして、ぼくには？」

そうして、血だらけの拳を頰に押しつけると、こうつけ加えた。

「ぼくだって、その気になれば、赤いほっぺになれるのに！」

シラミ

にんじんとお兄さんのフェリックスがサン・マルク学生寮から家に戻ってくると、お母さんは必ず桶《おけ》に水を張って、ふたりに足を洗わせる。寮では足を洗ってくれることなど決してないので、ふたりの足には三カ月分の垢《あか》がたまっているのだ。だいたい、寮の案内書にも、足を洗ってくれるとは書かれていない。

だから、その時も、桶を用意させると、お母さんは言った。

「にんじん。あなたのことだから、どうせまた真っ黒にしているんでしょう。困った子ね」

それはあたっていた。にんじんの足はいつでもお兄さんの足より汚れているのだ。ふたりはたいてい一緒にいて、同じように外で遊び、同じような規則に従って生活しているのに、どうしてそうなるのか、理由はわからない。お兄さんの足は汚れているといっても、白い部分がなくなるだけだが、にんじんの足は「誰の足だかわからないくらい真っ黒になる」のだ。そう言ったのはにんじん本人だ。

さて、お母さんにそう言われると、にんじんは恥ずかしくなって、まるで奇術師のような早業《はやわざ》で桶に足を入れた。いつ靴下を脱いだのかもわからないくらいの早さだ。お兄さんはもうとっくに桶に足をつけている。にんじんが足を入れると、桶の底のほうは早くも泥水になって、汚れたタオルでくるむように四本の汚い足を包んだ。

その間、お父さんはいつものようにあちらの窓からこちらの窓へと行ったり来たりしている。手には今学期の通知簿を持っていて、歩きながらそれを読み返すのだ。とりわけ、校長先生自身の手で書かれた通信欄を……。

お兄さんの通信欄にはこう書いてある。

《そそっかしいところがあるが、頭はよい。及第の見込み》

にんじんの通信欄はこうだ。

《その気になれば人より優れた力を持っている。だが、決してその気にならない》

お父さんがそう口に出して読むのを聞くと、「にんじんが人より優れた力を持つ可能性がある」ということに、家族は驚きの声をもらした（目の前のにんじんは、組んだ両腕を膝《ひざ》にのせた格好で、水にひたした足をふやかし、赤茶けた髪を長く伸ばした汚らしい子供にしか見えないからだ）。にんじんはみんなから見つめられているのを感じた。お父さんは休暇でにんじんが家に戻ってきたのが嬉《うれ》しいのだろうが、もともと感情を外に出すのが嫌いなので、喜びは表わさない。その代わり、そばを通りすぎる時に、にんじんの耳のあたりを指で弾《はじ》いた。そして、向こうの窓まで行ってまた戻ってくる時に、にんじんの頭を肘《ひじ》でつついた。にんじんは心の底から嬉しくなった。

お父さんのほうも、よほど嬉しかったのか、最後にはにんじんのもじゃもじゃの頭に手をつっこむと、爪《つめ》の先でシラミをつぶす真似《まね》をした。お父さんはこの冗談が好きで、機嫌がよいと、よくこうするのだ。

ただし、今回は本当にシラミを仕留めたらしい。

「ふむ。ちゃんと狙《ねら》いをつけたからな。一発でつぶしてやったぞ」お父さんは言った。

すると、それから、ちょっと顔をしかめて、にんじんの髪に指をこすりつけた。

するとと、お母さんが天を仰いで、両腕をあげた。

「それを心配していたのよ」いかにもショックを受けたように言う。「不衛生だったう、ありゃしない！　エルネスティーヌ、水を張った洗面器を持ってらっしゃい。それから、櫛《くし》と……。これはあなたの仕事よ」

その言葉にお姉さんが水を張った洗面器と梳《す》き櫛、それからお皿に入れた酢を持ってきた。洗面器に酢を入れる。これからシラミとりが始まるのだ。

「ぼくから先にやってくれ」お兄さんが前に進みでた。「にんじんからうつされているかもしれないからな」

そう叫ぶと、お兄さんは自分の頭をかきむしり、シラミを溺《おぼ》れさせるから、桶にいっぱい水を入れて持ってきてくれと頼んだ。そのなかに頭をつっこむから、と……。

「お兄ちゃんたら、そんなに興奮しないでよ」お姉さんが言った。お姉さんは人のために何かをするのが好きなので、嬉しそうだ。「大丈夫よ。痛くなんかしないから……」

お兄さんの首にタオルを巻くと、お姉さんは器用な手つきで、まるで母親が子供にするように辛抱づよく、シラミをとりはじめた。左手で髪をかきわけ、右手の櫛で丁寧にその髪を梳いて、シラミを探していく。シラミが見つかると、怖がることも顔をしかめることもなく、指でつまみあげた。

そして、お姉さんが「また、一匹」と声をあげるたびに、お兄さんは桶のなかで足

を踏み鳴らし、にんじんを指さして非難した。にんじんは何も答えず、静かに順番を待っていた。やがて、

「はい、お兄ちゃんは終わったわよ」とお姉さんが言った。「七、八匹しかいなかったわ。数えてみて。にんじんのとどちらが多いか、あとで比べるから……」

ところが、実際に始めてみると、にんじんの髪からは最初のひと梳きで、お兄さん以上のシラミがとれた。お姉さんはびっくりして、まるで「シラミの巣に櫛を入れたのかしら」といった顔をしたが、そんなことはなかった。どこを梳いても、アリ塚に手を入れたようにたくさんとれるのだ。

家族は熱心にその様子を見守った。お姉さんはますます夢中になって、シラミをとりつづけた。お父さんは両手をうしろに組んで、こんな光景は初めて見るとばかりにお姉さんのすることを目で追った。お母さんはひっきりなしに文句を言っていた。

「なんてたくさんいるの。これじゃあスコップと熊手《くまで》がいるわ」

お兄さんは洗面器のそばにしゃがんで、中の水をかきまわすと、お姉さんがふけと一緒に櫛からつまんで落とすシラミの大群の様子を眺めた。シラミたちは水の動きに合わせてぐるぐると回りながら、短く切った睫毛《まつげ》のような脚をもぞもぞ動かした。けれども、水には酢が入っているので、まもなく死んで動かなくなった。

とうとうお母さんがたまりかねたように言った。

「まったく、なんて子かしら。にんじん、あなた、恥ずかしいとは思わないの？　そんなに大きくなって……。足が汚れているくらいならいいわよ。この家だけの問題だから……。でも、シラミに食われているんなら、どうして先生方に言わなかったの？　家族に相談するとか……。まるでシラミの餌《えさ》になったみたいに、そんなに食われっぱなしになって、よく平気でいられたものね。本当にどうかしてるわ。頭じゅう血だらけじゃないの！」

「それはお姉ちゃんが櫛でひっかいたからだよ」にんじんは答えた。

すると、お母さんは眉《まゆ》をつりあげた。

「お姉ちゃんのせいだって言うの？　お姉ちゃんはあなたのためにシラミをとってくれているというのに……。ちょっと、エルネスティーヌ、今の言葉を聞いた？　おぼっちゃまはお肌がデリケートなので、あなたじゃお気に召さないようよ。そんなこと言われるくらいなら、もうシラミなんてとってやる必要はないわ。さっさとやめてしまいなさい。にんじんは好きなだけ食われるといいわ」

それを聞くと、お姉さんは答えた。

「ええ、ママ。もうだいたいのところはとったから、今日はやめにしておくわ。続きは明日にするわね。頭にオーデコロンをかける方法もあるのよ」

お母さんはにんじんのほうを向くと言った。

「にんじん！ あなたはこの洗面器を持って、庭の塀の上に置いてきなさい。置いたら、そばに立っているのよ。あなたがシラミを飼っていたことが村の人たちにわかるようにね。そうしたら、あなたも恥ずかしくなって、少しは反省するでしょう」

にんじんは洗面器を持って、お日さまの輝く表に出た。そうして、洗面器を塀の上に置くと、まるで護衛のようにそのそばに立った。

すると、向こうのほうからマリ・ナネット婆《ばあ》さんがやってきた。ナネット婆さんはにんじんに会うたびに、いつもその近眼の小さな目でにんじんを上から下までじろじろと眺めまわす。そして、すべてわかっているというように、頭にのせた黒いボンネットを左右に小さく振る。

この時もナネット婆さんは、にんじんに近づいてきて尋ねた。

「この洗面器はなんだい？」

にんじんは答えなかった。

「レンズ豆かい？ どうもよく目が見えなくてね。息子のピエールが眼鏡を買ってくれるといいんだけど……」

そう言うと、ナネット婆さんは指の先でシラミをつまんだ。そのまま口に入れようとでもするみたいに……。婆さんには何もわかっていないんだ。にんじんは思った。

と、婆さんが続けた。

「で、あんたはここで何をしているんだい？　そんなに困ったような顔をして、下を向いてさ。また、おうちの人に叱《しか》られたんだろう？　あたしはあんたのお祖母《ばあ》さんじゃないけどね。思ったことは言わせてもらうよ。かわいそうに！　あんたの家の人はあんたに辛《つら》くあたりすぎるよ。それじゃあ、生きていくのが大変だろう」

にんじんはその言葉がお母さんに聞こえていないか、素早くあたりを見まわした。

それから、ナネット婆さんに言った。

「それがどうしたって言うのさ。あんたには関係ないだろう？　あんたは自分のことだけ考えりゃいいんだ。ぼくのことは放っておいてほしいね」

ブルータスのように

ある時、お父さんが言った。

「にんじん、去年はあまり勉強しなかったようだな。お父さんはがっかりしたぞ。通知簿には、もっとできるはずだと書いてあるじゃないか？ きっとぼんやりと夢想にふけっていたか、そうじゃなかったら、読んではいけないと言われている本を読んでいたりするからだ。おまえは記憶力がいいから、学科の点数はいい。ただ、宿題をしないのが問題だな。いいか、にんじん、もっとまじめにやらなくちゃいかん」

「大丈夫だよ、パパ」にんじんは答えた。「確かに去年はさぼっちゃったけど、今年は猛勉強するから……。まあ、全科目で一番になるとは約束できないけど……」

「どうしてだ？　なれるよう、がんばってみろ」

「無理だよ。パパ。それは要求が大きすぎるよ。地理とドイツ語、物理と化学では一番はとれないよ。なにしろ、それだけに絞って勉強するやつらがどの科目にもふたりか三人はいるからね。そいつらはほかの科目ができないんで、その科目に集中するんだ。それには敵《かな》わないよ。でも、ぼくは、ねえ、パパ、国語の作文だけは絶対にゆずらない。一番を守りぬくよ。ただ、死ぬ気でがんばって、それでも一番からすべり落ちちゃったら、これはもうしかたがない。その時は、ブルータスのように叫ぶよ。

《おお、徳よ、おまえはただの名にすぎぬ》って」

「そんなこと言わずにがんばってみろ。おまえなら、そいつらにだって勝てるさ」

と、それまで、黙って話を聞いていたお兄さんがお父さんに尋ねた。

「パパ、にんじんはなんて言ったの？」

「私にも聞こえなかったわ」お姉さんも続けた。

すると、お母さんもすかさず言った。

「私にもよ。にんじん、なんて言ったの？」

「何も言ってないよ」にんじんは答えた。

「なんですって？」お母さんは声を荒らげた。「何もですって？　だって、あなた、あんなに得意そうに話していたじゃないの。拳《こぶし》を空に突きあげて、顔を真っ赤にして……。あなたの声は村の端まで届くくらいだったわ。言ったのはまちがいないんだから、もう一度、繰り返しなさい。みんなにわかるようにね」

「いいよ。たいしたことじゃないから」

「いいえ、繰り返しなさい。あなたは誰かのことを話していたわね。誰のことを話していたの？」

「ママの知らない人のことだよ」にんじんは答えた。

「それなら、なおさら知りたいものね。もっと考えて物を言いなさい。で、ともかく言いつけに従いなさい」

「いや、あの……。パパと話していたら、パパがぼくに忠告をしてくれたんで、ぼくは、なんて言うか、その、がんばるって約束したくなっちゃったんだ。それで、ブルータスが徳について言ったことを引用しただけなんだ……」

「あら、あら、どうしたの？　急にしどろもどろになって。ともかく、さっきの言葉を繰り返しなさい。一言一句、たがえることなく、さっきと同じ口調で……。別に難しいことは言ってないでしょ？　財宝をよこせと言ってるわけじゃないんだから……。

お母さんのためになら、簡単にできることでしょ？」

と、そこでお兄さんが言った。

「ママ、ぼくが代わりに言おうか？　ぼく、にんじんの言ったことを思い出したよ」

「いいえ。にんじんが先よ。そのあとで、あなたが言ったら、比べてみましょう。さあ、にんじん、言いなさい」

それを聞くと、にんじんはあきらめて言った。

「と、徳よ、おまえはただの、な、名にすぎぬ……」声は震えて、泣きそうだった。

お母さんは大げさにため息をついた。

「この子にはがっかりね。まったく何を言っているかわからないじゃないの。お母さんを喜ばせるくらいだったら、ひっぱたかれるほうがましだと思ってるんだわ」

その言葉に、お兄さんが口をはさんだ。

「ママ、にんじんはこう言ったんだよ。こんなふうな顔をしてね」そう言うと、お兄さんは目をぐるんと回して、挑戦的な顔をしてみせた。「もしぼくが国語の作文で一番をとれなかったとしたら（そこで、頬をふくらませて、足を踏みならしてみせる）、ぼくはブルータスのように叫ぶだろう（そこで大げさに両手を上にあげて）《おお、徳よ》（それから、その手を膝《ひざ》におろして）《おまえはただの名にすぎぬ》。にんじんはこう言ったんだ」

お母さんは賞賛の声をあげた。

「そうだったの。素晴らしいわ、にんじん。お兄さんが真似《まね》してくれたおかげでよくわかったわ。でも、真似よりも本物のほうがずっといいはずよ。それを思うと、あなたが意地になって、最初にしたとおりにしなかったのが残念だわ」

「でも、にんじん、これを言ったのは本当にブルータスかい？　ウティカのカトーじゃなかった？」お兄さんが尋ねた。

「ブルータスだよ」にんじんは答えた。「まちがいない。歴史の本には、《それから、ブルータスは、仲間のひとりが持った剣先に身を投げて、自害した》と書いてあって、その時のことだからね」

「にんじんの言うとおりよ」今度はお姉さんが言った。「このブルータスって、愚か者《ブルータス》のふりをした人でしょう。杖《つえ》に黄金を仕込んで……」

「それはちがうよ」にんじんはまちがいを指摘した。「そのブルータスは別のブルータスだよ」

「あら、そうだとばかり思ってたわ」お姉さんは言った。「でも、私の学校のソフィ先生は素晴らしい歴史の授業をしてくれるのよ。きっとあなたの先生にも負けないわ」

と、その話をさえぎるようにお母さんが言った。

「もういいわ。そんなことで議論するのはやめましょう。ブルータスなんて一家にひとりいれば十分だわ。幸いなことに、うちにはひとりいますからね。にんじん、あなたのことよ。あなたがいるおかげで、私は鼻が高いわ。きっとご近所からも羨《うらや》ましがられるわ。さあ、みんなでうちのブルータスをほめたたえましょう。うちのブルータスは神父さまのようにラテン語を話すのに、耳の聞こえない人たちのためにミサを繰り返すのは拒否したのよ。何を言っているかはわかるわね？　さあ、ブルータス、こっちを向きなさい。このブルータスときたら、今日、おろしたばかりの上着に染《し》みをつけているのよ。うしろを向いたら、ズボンにかぎ裂きを作っていることもわかるわ。いったい、どこを歩いたのかしら？　ええ、そうよ。にんじんの上着の染みを見てごらんなさいよ。まったく、野蛮《ブルート》な子なんだから！」

お父さんとの手紙のやりとり

《サン・マルク学生寮のにんじんからお父さんへの手紙》

大好きなパパ

休みの日に魚釣りをしたせいで、大変な目にあってるよ。脚のつけ根に大きなおでき《クルー》がいっぱいできちゃったんだ（訳注　本来、「クルー」は「釘」の意味）。看護師さんが湿布の絆創膏《ばんそうこう》を貼《は》ってくれているけど、ぼくは上を向いたままベッドで寝ていなければならない。おできはまだ破裂していないから、とっても痛むんだ。破裂しちゃえば、どうということはないんだけど……。でも、おできはどんどん増えていて、ひとつが治ったかと思うと、その間に三つできているんだ。あまりひどいことにならないといいんだけど……。

あなたの愛する息子より

《お父さんからの返事》

大好きなにんじん

おまえもそろそろ初聖体を受けて、教理問答の授業に出る歳《とし》なのだから、人間は〝クルー〟で苦しむということを知らなければならない。イエス・キリストだって、手や足に釘《クルー》を打ちこまれていたぞ。しかも、本物の釘《クルー》だ。だが、キリストは泣きごとを言わなかったぞ。がんばれ！

おまえを愛する父より

《にんじんからお父さんへの手紙》

大好きなパパ

歯が一本、生えてきたよ。まだそんな年齢じゃないと思うけど、少し早めの知恵歯じゃないかな。この歯だけじゃなく、あと何本か生えてくるといいな。そしたら、もっと素行をよくして、勉強も熱心にして、パパを満足させたいと思っているよ。

あなたの愛する息子より

《お父さんからの返事》

大好きなにんじん

おまえに歯が生えてきたのと時を合わせるように、お父さんの歯はぐらぐらしてきて、昨日の朝、ついに抜けたよ。おまえに歯が一本増えて、お父さんの歯が一本減った。つまり、家族の歯の総数に変わりはないというわけだ。

おまえを愛する父より

《にんじんからお父さんへの手紙》

大好きなパパ

昨日はラテン語のジャック先生の誕生日だったんだ。それで、ぼくたちのクラスでは、みんなで相談して、先生にお祝いの言葉を述べることにした。そしたら、そこで何が起こったと思う? なんと、その代表にぼくが選ばれたんだ。なにしろ、大役だからね。ぼくは時間をたっぷりかけて原稿を準備して、ラテン語の引用もちりばめた。正直言って、いい出来だったって思うよ。それで、便箋《びんせん》に清書して、発表の時を待ったんだ。

そうして、昨日の授業の時、先生が生徒たちから目を離したのを見て、ぼくは教壇に向かっていった。同級生たちに「ほら行けよ、早く」って、せかされながらね。

でも、ぼくが便箋を広げて、

「尊敬すべき師よ」

と呼びかけたら、先生は椅子《いす》から立ちあがって、怒った声でこう言ったんだ。

「何をしている？　早く席に戻りなさい！」

ぼくはあわてて席に戻って、椅子に座ったよ。その間、同級生たちは教科書の後ろで身を縮めていた。で、ぼくが席につくと、ジャック先生はあいかわらず怒った声で、ぼくにこう言ったんだ。

「練習問題を訳しなさい」って。

パパ、どう思う？

《お父さんからの返事》
大好きなにんじん
将来、おまえが国会議員になったら、そのくらいの仕打ちはなんでもないと思うだろうよ。人にはそれぞれ役割がある。先生が教壇にいるのは、自分が話をするためで、おまえの話を聞くためではない。そういうことだ。

《にんじんからお父さんへの手紙》

大好きなパパ

パパが仕留めた野うさぎを地理・歴史のルグリ先生に持っていったよ。先生はとっても喜んでくれたみたいで、パパにお礼を言ってくれって、何度も口にしていた。その日は雨が降っていたんだけど、ぼくの傘が濡《ぬ》れているのを見ると、手から取りあげて、玄関まで持っていってくれたくらいだ。それから、ぼくたちはいろいろな話をした。先生はもしぼくがその気になったら、「地理と歴史で一番になれる」と言ってくれた。でも、パパ、信じられるかな？　先生と話をしている間、ぼくはずっと立っていたんだ。先生はぼくに椅子を勧めてくれなかったんだよ。それ以外のところでは、優しくて、感じがよかったのに……。うっかりしていたのかな？　それとも椅子を勧めなくてもかまわないって、わざと失礼な態度をとったのかな？　どう思う？　パパ。ぼくはパパの意見が知りたいよ。

《お父さんからの返事》

大好きなにんじん

おまえはいつでも文句ばかり言ってるな。この間はジャック先生が椅子に座れと言ったと文句を言い、今回はルグリ先生が椅子に座れと言わなかったと文句を言っている。だが、にんじん、おまえはまだきっと子供だと思われているんだよ。だから、一人前の大人として敬意を払われないんだ。それに、ルグリ先生が椅子を勧めなかったのは、たぶん勘違いだから、許してやりなさい。おまえは身体《からだ》が小さいから、先生はおまえが座っていると思ったのだろう。

《にんじんからお父さんへの手紙》

大好きなパパ

パパはパリに行くことになったんでしょ? パリは憧《あこが》れの街なので、ほんとだったら、ぼくも行って、パパと一緒に感動を味わえたらって思うよ。でも、学校の授業があるので、その旅行は行けそうにないんだ。それでお願いなんだけど、パリに行ったら、一冊か二冊、本を買ってきてくれないかな? 持っている本はもう全部読んじゃって、暗記しているくらいなんだ。どんな本でもいいんだ。どれも価値のある本だろうからね。でも、あえて希望を言うなら、フランソワ＝マリ・アルエ、つまりヴォルテールの叙事詩『ラ・アンリアード』とジャン＝ジャック・ルソーの『新エロイーズ』がいいな。パリは本が安いんでしょ？　だから、買ってきてよ。この二冊だったら、自習監督の先生に取りあげられないと思うよ。

《お父さんからの返事》

大好きなにんじん

おまえが手紙に書いてきた作家たちは、私やおまえと同じく人間だ。つまり、彼らにできることは、おまえにもできるということだ。だから、まず自分で本を書きなさい。それから、その本を読めばいい。

《お父さんからにんじんへの手紙》

大好きなにんじん

今朝の手紙にはびっくりしたぞ。何度読みかえしても、意味がわからなかった。いつものおまえの手紙とはちがって、本当にわけのわからないことばかり書いていて、私の理解を超えるものだった。とうてい、おまえが書いたものとは思えない。

普段だったら、おまえは学校で何があったかとか、クラスで何番だったかとか、先生方のここがいいとか、ここが悪いとか、新しい同級生の名前だとか、そんなことを書いてきている。シーツの状態がどうとか、よく眠れたとか、食欲はあったとかな。私はそういうことに興味があるのだ。

それなのに、どういうことだ？　今朝もらった手紙は、さっぱりわからなかったぞ。今はまだ冬なのに、《春だから外に出る云々《うんぬん》》とは、いったい何を言いたいんだ？　教えてほしいね。マフラーが欲しいということか？　それに日付もなければ、宛先《あてさき》もない。これじゃ、お父さんに宛てたのか、犬に宛てたのか、わからないじゃないか！　何行にも分けて書いたり、やたらと大文字を使ったり、文章の書き方も今までとはちがう。なんだか人を馬鹿《ばか》にしているみたいだ。だが、こんな手紙を書いたら、馬鹿にされるのはおまえだぞ。責めることはしないが、まあ、気をつけたほうがいい。

《お父さんへの返事》

大好きなパパ

最後に送った手紙について、急いで釈明するよ。パパは気がつかなかった？　あれは《詩》だったんだ。

家畜小屋

にんじんの家には家畜小屋がある。代々、にわとりやうさぎ、豚などが飼われてきた小屋だ。でも、今は何も飼われていないので、休暇の間、この小屋はにんじんのものになる。入るのは面倒ではない。小屋にはもう戸がなくなっているからだ。敷居のところは細いイラクサで覆《おお》われていて、にんじんは時々、地面に腹ばいになって、そのイラクサを眺めることがある。それはまるで森のように見えた。地面にはうっすらと砂が積もっている。石の壁は湿気で光っている。小屋は小さくて、立ちあがると、天井に髪がつきそうになる。でも、にんじんは、この小屋にいると、どこにいるよりもくつろげた。くだらない玩具《おもちゃ》なんかなくても、空想にふけっていれば、それだけで楽しいのだ。

空想にふける時、にんじんは小屋の隅に腰を落ちつける。四隅のひとつに座って、巣穴を掘るようにお尻《しり》を動かし、まわりの砂を手でかきあつめて、お尻を埋めるのだ。そうして、膝《ひざ》を立て、すべすべした壁に背中をつけて、腕を組んでうずくまるようにすると、まるで巣穴にいる野うさぎになったような気がして、気持ちが落ち着いた。なにしろ、もうこれ以上は小さくなれないというくらい、身を縮めることができるのだ。まわりの世界のことはすべて忘れることができる。もう何も恐れるものはなかった。ただ、雷が鳴った時だけ、怖いと思うくらいだ。

近くには排水溝が通っているので、台所で皿を洗った時に流れる水の音が聞こえてくる。それは時によって、奔流のようだったり、雨のしずくが落ちるようだったりした。その音がすると、にんじんは涼やかな気持ちになった。

そのうちに、突然、足音がして、自分を呼ぶ声が聞こえてくる。

「にんじん！　にんじん！」

これは警報だ。誰かが小屋を覗《のぞ》きこむ。にんじんは頭を下げて、いっそう縮こまる。息を殺し、口を大きくあけ、目も動かさず、壁や地面にぴったりと身体《からだ》を押しつける。

そして、暗い小屋を探る誰かの視線を感じる。

「にんじん、どこにいるの？」

こめかみがぴくぴくし、にんじんは不安で叫びたくなる。でも、我慢する。すると、

「どこに行ったのかしらね。本当にしようのない子ね」

声がして、足音が遠ざかっていく。にんじんは少しだけ、身体をゆったりさせて、またくつろいだ気分になる。そうして、静けさが支配するなか、あちらこちらに空想をさまよわせる。

だが、時には虫の羽音で、空想から呼びさまされることもある。羽虫が一匹、天井のクモの巣につかまって、もがいていたりするのだ。見ていると、やがてクモが糸をつたって獲物に向かって降りてくる。クモはパンの真ん中のように白い腹を見せながら近づいてきたかと思うと、途中で降りるのをやめ、警戒しているように身体を丸める。

それを見ると、にんじんは腰を浮かせ、クモの様子をじっと窺《うかが》う。決定的な瞬間を待って……。そうして、クモが獲物に跳びかかり、星のように開いた脚で獲物を締めつけ、獲物に噛《か》みつこうとした瞬間、まるで分け前を要求するかのように、勢いよく立ちあがる。

ただ、それだけだ。

クモは驚いて、また糸をのぼっていく。にんじんはまた腰をおろして、暗がりのなかにうずくまる。巣穴にいる野うさぎになったような気持ちで……。

そのうちに、ちょうど砂を含んで重くなった水の流れが、勾配《こうばい》のなくなったところで水たまりをつくるように、夢想は突然、流れるのをやめ、静かによどみはじめる。

猫

I

ザリガニを釣るには猫の肉を餌《えさ》にするのがいちばんいいと、にんじんは聞いたことがあった。にわとりの臓物や肉屋が捨てたくず肉よりもずっと釣れるというのだ。

猫ならば、にんじんは、みんなから邪険にされているやつを一匹知っていた。年よりで、病気で、身体《からだ》じゅうの毛が抜けているので、誰も相手にしないのだ。そこで、にんじんは鉢に入れたミルクでその猫をおびきよせると、家畜小屋まで連れてきた。小屋には誰もいない。壁の穴からネズミでも飛びだしてくれれば、猫は大喜びしたかもしれないが、にんじんがごちそうするのはミルクだけだ。ミルクの入った鉢を小屋の隅に置くと、にんじんは言った。

「飲めよ」

それから、猫の背中を撫《な》でて、優しい言葉をかける。そうして、猫がぴちゃぴちゃと音を立てて、ミルクを舐《な》めるのを見ながら、悲しそうにつぶやいた。

「かわいそうに。残りは少ないんだから、せいぜい楽しむんだな」

猫はミルクを全部飲むと、鉢の底と縁を舌できれいにし、唇についたミルクも丁寧に舐めとった。

「もう終わったのかい？」

あいかわらず、猫の背中を撫でながら、にんじんは訊《き》いた。

「もっとミルクを飲みたいだろうけど、これしか持ってこれなかったんだ。それに、どっちにしろ、遅いか早いかのちがいだけだ」

そう言うと、にんじんは持っていた猟銃の銃口を猫の額にあてて、引き金を引いた。するど、耳をつんざくような銃声が小屋のなかに鳴りひびいて、にんじんは小屋が吹き飛んでしまったかと思った。そして、硝煙がおさまると、目がひとつになった猫が、こちらを見ているのに気づいた。

猫の頭は半分吹き飛んでいて、そこから流れた血が鉢のなかにたまっていた。

「まだ死んでいないみたいだぞ」にんじんはつぶやいた。「撃ったのはまちがいないのに……」

猫の目は黄色く光っていた。それを見ていると不安になって、にんじんはその場から動けなかった。

猫はまだ生きているようで、身体がぶるぶる震えていた。でも、逃げだそうとはしない。身体じゅうの血を一滴残らず鉢のなかにあけようと、わざとそこにいるみたいだった。

でも、にんじんは今までに動物を殺したことがなかったわけではない。野鳥や家畜、それに犬だって一匹、自分の楽しみのためや、それからほかの人のために殺したことがある。

だから、どんなふうにすればよいか知っていたし、動物がしぶとく生きている場合は、急いで片をつけなければならないこともわかっていた。気持ちをかきたてて、相手に対する怒りを爆発させて、必要だったら、相手と格闘するくらいの気持ちで臨んでいくのだ。そうじゃないと、まちがってかわいそうだという気持ちが襲ってきて、臆病者《おくびょうもの》になってしまう。そんなことになったら、時間を無駄にするばかりで、いつまでも殺しつづけなければならない。

そう考えると、にんじんは「よし、よし」と言いながら、慎重に猫のほうに手を伸ばしていった。そして、尻尾《しっぽ》をつかんで、自分のほうに引き寄せると、猟銃の銃床で首の後ろを何度も殴った。一回、一回、力をこめて。どれもがとどめの一撃だという勢いで……。

猫は脚をばたばたさせて、宙を掻《か》いた。それから、身体を丸めて、ぐったりした。鳴き声はたてなかった。

「猫は死ぬ時に鳴くって聞いたんだけど……」にんじんはつぶやいた。

それならば、まだ生きているのか？　そう思うと、じっとしてはいられなかった。もう時間がかかりすぎている。このまま猫が死ぬのを待っているわけにはいかなかった。猟銃を放りなげると、にんじんは猫を抱きあげ、猫の爪《つめ》が肌に食い込むのを感じながら、「ちくしょう！　ちくしょう！」と歯を食いしばって、思いきり首を絞めた。

でも、そのうちに自分も苦しくなってきた。足元もふらついてきた。にんじんは力を使いはたし、その場に倒れた。猫を抱いたまま、額と額をくっつけるようにして……。自分のふたつの目を猫のひとつだけ残った目にはめこむようにして……。

にんじんは今、自分の部屋の鉄のベッドに寝ていた。あのあと、誰かの知らせで、お父さんとお母さん、それから友だちのお父さんとお母さんが家畜小屋にやってきて、にんじんが低い天井の下で猫を抱きしめて倒れているのを発見したのだ。

「ああ！」お母さんが言った。「にんじんの腕から頭が砕けた猫をひきはがすのに、ものすごい力がいりましたよ。誓って言いますけどね。この子がわたしのことをあんなに強く抱きしめてくれたことはありませんよ」

そうして、にんじんがどれだけ残酷なことをしたか説明している間（この話題は、その後、家族の夕食の時間に何度も繰り返されることになるのだが）、にんじんはいつのまにかうとうととして、夢を見ていた。

2

そのなかで、にんじんは牧場《まきば》を流れる川のほとりを歩いていた。夜のことで、黄色い月の光がすばやく交錯する二本の編み棒のように川面《かわも》をきらめかせていた。川のなかにはザリガニを獲《と》るための柄のついた網が入れてあって、そこには透明な水を通して、猫の肉のかけらが炎のようにゆらめいているのが見える。

と、そこへ白い霧が流れてきて、牧場の地面は霧に覆《おお》われてしまった。霧のなかにはきっとふわふわしたお化けが隠れているにちがいなかった。

にんじんは「おまえらなんか怖くない」とお化けたちに見せるために、後ろで手を組んだ。

すると、牛が一頭、近づいてきて、にんじんの前で立ちどまった。牛はモウとひと声鳴き、ひづめの音を響かせながら、空に駆けあがっていった。その音とともに牛の姿が消えると、あたりは静かになった。聞こえるのはおしゃべりな川の音だけ。でも、その川の音はおばあさんたちが集まっているかのように、ぺちゃくちゃとにんじんひとりに話しかけて、うるさかった。

〈この音さえなければ、本当に静かなのに！〉

そう思うと、にんじんは網で川を叩《たた》いて黙らせようと、柄の部分をそっと持ちあげた。すると、その時、水辺に生えた葦《あし》のなかから巨大なザリガニが何尾も現われた。ザリガニたちはその身を光らせ、さらに巨大になりながら、まっすぐに川から出てきた。にんじんは恐怖のあまり身体がこわばり、逃げることもできなかった。

やがて、ザリガニたちがにんじんを取り囲んだ。背丈はにんじんの喉《のど》くらいまである。すぐにカチカチという音がしたかと思うと、ザリガニたちはもう鋏《はさみ》をいっぱいに広げていた。

羊たち

中に入ると、最初、白っぽい塊がまりのように跳ねているのしか見えなかった。その塊は、学校の体育館で遊ぶ子供たちのようにじゃれあいながら、メエメエとうるさく鳴いていた。と、そのうちの一匹がにんじんの股間《こかん》に突進してきて、にんじんはちょっと怖くなった。それから、もう一匹が跳ねて、天窓から漏れる光で、跳ねたのは子羊だとわかった。にんじんは思わず笑った。怖がったことが恥ずかしくなったのだ。そのうちにだんだん暗闇《くらやみ》に目も慣れてきて、小屋のなかの様子がはっきりわかるようになってきた。

今は子羊が生まれる時期なのだ。農家のパジョルさんのところでは、毎朝、二頭か三頭、新しい子羊が生まれている。子羊たちはお母さん羊たちの間で、その細い脚をたよりに、よろよろとふらつきながら立っている。ものすごく重そうな彫刻を四本の小枝で支えているようなものだ。

子羊たちが近づいてきても、にんじんはまだ撫《な》でる勇気が出なかった。反対に、子羊たちのなかには大胆なやつがいて、にんじんの靴を舐《な》めたり、干し草を口いっぱいに頬ばりながら、にんじんの足に前脚をのせたりしていた。

生まれてから一週間もたつものは、仲間とお尻《しり》で乱暴に押しあったり、羊小屋のなかをめちゃくちゃに動きまわったりしている。昨日生まれた子羊たちは、まだ痩《や》せていて、すぐに膝《ひざ》をついては、必死で起きあがろうとしていた。そのそばには、さっき生まれたばかりの赤ちゃん羊がいる。まだきれいに舐めてもらっていないので、その身体《からだ》は羊水でぬるぬるしている。赤ちゃん羊はお母さんのほうによたよた進んでいく。けれども、お母さん羊はぶよぶよした胎盤をつけた赤ちゃん羊がうっとうしいのか、頭で押し返している。

「悪いお母さんだね」パジョルさんに向かって、にんじんは言った。

「人間と同じだよ。どこにだって、そういうやつはいるんだ」パジョルさんは答えた。

「きっと子供を乳母に預けたいって思っているんだろうね」

「そんなようなもんだ。そうなったら、子羊の数だけ哺乳瓶《ほにゅうびん》も必要になる。薬屋で売っているような哺乳瓶がな。だが、心配はいらん。母親もすぐに優しくなるだろうからな。そうなるように、あいつらを群れから離してやろう」

そう言うと、パジョルさんはお母さん羊の首にわら縄を巻いて、途中で逃げた時のために目印をつけると、肩のあたりをがっしりとつかんで、柵《さく》のほうに連れていった。するとと、赤ちゃん羊のほうもお母さんについて柵に入った。お母さん羊は、今はむしゃむしゃと干し草を食べている。赤ちゃん羊のほうは、メエメエと小さく鳴きながら、おぼつかない足取りでお母さんのほうに近寄り、まだゼラチン状のもので濡《ぬ》れた鼻面《はなづら》をお母さん羊のおなかの下に突っ込んでお乳を探っていた。

「あのお母さん羊に母親らしい感情が戻ってくると思う?」にんじんは尋ねた。

「尻が辛《つら》くなくなったらな。まだ痛むんだろう。難産だったからな」

「ねえ、しつこいようだけど、やっぱり、ほかの雌羊に預けたほうがいいんじゃないかな?」

「その雌羊が嫌だって言うよ。みんな自分の子が大切だからな」

なるほど、その言葉に羊小屋を見まわすと、お乳の時間なのか、お母さん羊たちがいっせいに子羊を呼んでいる。その声はにんじんにはどれも同じに聞こえるのに、子羊たちにはちがいがわかるらしく、母親のほうにまっすぐに向かっていた。

「ここには子供の誘拐犯はおらんよ」パジョルさんが言った。

「でも、不思議だよ」にんじんはつぶやいた。「羊には家族のことが本能的にわかるのかな？」「どうしてだろう？　羊は鼻がいいんだろうか？」

そう考えると、にんじんは子羊の鼻をふさいで、それでもお母さん羊のところに行けるか、確かめてみたくなった。

そうして、人間と羊のちがいについて、あれこれ考えた。そのうちに、子羊たちの名前を知りたくなった。

子羊たちがお母さん羊のおなかの下にもぐりこんでお乳を飲んでいる間、お母さん羊たちは両脇《わき》からおなかを鼻でつつかれるのにもかまわず、おとなしく干し草を食《は》んでいる。にんじんは水桶《みずおけ》のなかにちぎれた鎖やさびついた車輪、使いふるしのスコップなどが入っているのに気づいた。

「ずいぶんときれいな水桶だね？」にんじんは皮肉をこめて言った。「きっと羊たちの鉄分が不足しているんで、補っているんだね」

「そのとおりだよ」パジョルさんは答えた。「おまえだって、薬を飲むだろう？　それと同じようなものだ」

それから、にんじんに「この水を飲んでみるか？」と言うと、水がもっと栄養たっぷりになるように、手近にあったものを水桶に入れた。

と、パジョルさんが尋ねた。

「キササは欲しいかね？」

「うん」キササとは何かわからなかったが、にんじんは答えた。「ありがとう」

すると、パジョルさんはお母さん羊の毛をかきわけて、おなかをいっぱいにして真ん丸に太った巨大なシラミを爪《つめ》の間にはさんでつかまえた。

「ほら、キササだ。知ってるか？　このくらいの大きさのやつが二匹もいりゃ、子供の頭なんて、プラムのように食われちまう」

そう言うと、パジョルさんはにんじんの手のひらにシラミを握らせて、こう続けた。

「兄さんか姉さんの髪か襟元に入れてやるといい。きっと面白いぞ」

にんじんの手のひらでシラミはさっそくもぞもぞと動きはじめた。にんじんは霰《あられ》が身体に当った時のように、指がチクチクするのを感じた。そのチクチクはやがて手のひらから手首へ、手首から肘《ひじ》へと移っていった。にんじんはシラミがだんだん増えていって、肩のところまで腕を全部食われてしまうのではないかと思った。いや、そんなことはさせない！　にんじんはシラミをつかまえると、そっと指でつぶした。そうして、パジョルさんが見ていない隙《すき》を狙《ねら》って、お母さん羊の毛で指を拭《ふ》いた。

パジョルさんには「逃げてしまった」と言えばいい。

そんなことをぼんやり考えながら、にんじんは羊たちがメエメエと鳴いているのを聞いた。その声はだんだん間遠になり、やがて羊小屋のなかにはゆっくりと干し草を食むもぐもぐという音しか聞こえなくなった。

干し草の棚には、縞《しま》模様が消えかかった、羊飼いの着るマントがかかっていて、にんじんには、そのマントがたったひとりで羊たちを守っているように見えた。

名付け親

お母さんは、時々にんじんに、名付け親のおじさんのところに遊びにいってもいいと許してくれることがある。そのうち何回かは泊まってきてもいいと言うことさえある。名付け親のおじさんはひとり暮らしの無愛想な老人で、ぶどう畑の面倒を見たり、釣りをしたりして生きてきた人だ。人付き合いは好きではないらしく、一緒にいて我慢できるのはにんじんだけだと言っていた。

「おお、坊主《ぼうず》、来たのか？」にんじんが顔を見せると、おじさんは言った。

「うん」にんじんは挨拶《あいさつ》のキスはせずに答えた。

「ぼくの釣竿《つりざお》は用意してくれた？」

「いや。釣竿なら、わしらふたりに一本で十分だからな」

そう言われて、にんじんが納屋《なや》の扉をあけてみると、そこにはにんじんの分の釣竿が用意されていた。名付け親のおじさんは、こうやっていつもにんじんのことをからかうのだ。でも、にんじんはおじさんの癖を知っているので、怒ったりはしない。おじさんの癖のせいで、話がややこしくなったりすることもない。おじさんは「だめだ」と言いたい時には、「いいよ」と言う。その反対もそうだ。そこをまちがえなければいいのだ。

〈それでおじさんが楽しいなら、ぼくは別にかまわない〉にんじんはそう考えていた。そのおかげで、ふたりは仲よくやってこられたのだ。

名付け親のおじさんは、普段は週に一度しか料理をしない。一週間分を一度に作ってしまうのだ。でも、今日はにんじんのために、大きなベーコンの塊を入れた白インゲンマメのシチューを作ってくれていた。そうして、鍋《なべ》を火にかけると、おじさんは「手始めにワインを飲もう」と言って、にんじんに水で割っていないワインを飲ませた。

それから、ふたりは釣りに出かけた。

おじさんは岸辺に腰をおろして、少しずつ糸を流していく。岸辺にはおじさんが持ってきた立派な釣竿が並べてあって、動かないように重い石で固定してある。おじさんは大きな魚しか釣らない。そうして、釣った魚は、まるで赤ちゃんをおくるみでくるむようにタオルで巻いて、涼しい場所にころがしておく。

「いいか、にんじん。浮きが三回沈むまでは、釣竿をあげちゃいけないぞ」おじさんが言った。

「どうして？」にんじんは尋ねた。

「一回目はどうってことはない。魚は餌《えさ》をつついただけだ。真剣にならなきゃならんのは二回目からだ。二回目は餌を飲みこんだんだからな。で、三回目に浮きが沈んだ時には、もう逃げられない状態になってるってわけだ。そうなったら、どんなにゆっくりあげても大丈夫だ」

でも、にんじんはカワハゼを釣りたかったので、靴を脱いで、川に入った。爪先《つまさき》で川底の砂をかきまわす。そうすると、カワハゼは馬鹿《ばか》なものだから、すぐに集まってきた。そこで、糸を垂らしてやると、入れるたびに釣れた。「釣れたよ」とおじさんに声をかける間もないくらいだ。

「十六匹、十七匹、いや、十八匹だ！」

やがて、お日さまが真上に来たのを見ると、おじさんは昼食に戻ろうと言った。ふたりは家に戻り、インゲンマメのシチューを食べた。

「こんなにうまいものはほかにないね」おじさんはにんじんに言った。「マメはやっぱりこんなふうに柔らかく煮たほうがいい。口のなかでカチンと歯にあたると、ヤマウズラの手羽肉に残っていた散弾を嚙《か》んだような気がするからな。それくらいだったら、ツルハシの先をかじったほうがいい」

にんじんは答えた。

「ほんとに、これは口のなかでとろけるような感じがするよ。ママも料理は下手じゃないけど、こんなにおいしくない。シチューのクリームを節約しちゃうからね」

すると、おじさんは言った。

「食え。おまえが食っているのを見ると、嬉《うれ》しくなる。察するところ、坊主、おまえ、家では腹いっぱい食ったことがないだろ?」

「時によるよ。ママのおなかの減りぐあいによるんだ。ママのおなかがすいてりゃ、その分だけぼくも食べられる。自分の分をよそう時に、ぼくの分もついでによそってくれるからね。それと、ママが食べおわったら、ぼくも食べおわるんだ」

「馬鹿だな。おかわりを頼みゃいいじゃないか」

「口で言うほど、簡単じゃないよ。それに、おなかなんて少しくらいすいていたほうがいいんだ」

それを聞くと、おじさんは言った。

「わしには子供がおらんが、自分の子供が猿だとしたら、猿のケツでも舐《な》めるがね。おまえも、なんとかできんのか？」

そのあと、ふたりはぶどう畑に行って、午後を過ごした。にんじんは名付け親のおじさんがツルハシをふるうのを眺めたり、おじさんが移動すればそのあとにぴったりついていったり、そうかと思うと、ぶどうの蔓《つる》の束の上に寝ころがって、空を見ながら、柳の小枝をしゃぶったりした。

泉

にんじんは名付け親のおじさんと同じベッドで寝る。でも、寝心地はあまりよくない。おじさんと寝ると、たとえ部屋のなかが寒くても、羽根ぶとんが暑すぎて、それはおじさんの年老いた身体《からだ》にはちょうどよいかもしれないが、にんじんのほうは汗びっしょりになってしまうのだ。けれども、お母さんからは遠く離れたところで眠ることができて、その点は嬉《うれ》しかった。

にんじんがそのことを口にすると、おじさんが言った。

「おっかさんはそんなに怖いのか?」

「というか、ぼくがママを怖がらせることができないんだよ」にんじんは答えた。「ママにお仕置きされそうになると、お兄ちゃんなんかは箒《ほうき》の柄をつかんで、身がまえるんだ。それを見ると、ママはお仕置きをやめにしちゃう。で、『あなたがそんなことをしたら、ママは悲しいわ』って、情に訴えるやり方をとるんだ。それから、あとでこう言うんだ。フェリックスは傷つきやすいから、お仕置きしても効果がない。でも、にんじん、あなたの場合は、効果があるって……」

「じゃあ、おまえも箒をつかんだらどうだ？」

「それができたらね。お兄ちゃんとはよくとっくみあいをするけど……。ぼくは結構、強いんだよ。お兄ちゃんにだって負けない。遊びでやっても本気でやってもね。だから、お兄ちゃんと同じように身を守ることができるはずなんだ。でも、実際に箒を持って、ママに向かっていったりしたら、ママはきっとぼくが箒を持ってきてくれたんだと思うよ。で、箒はたちまちぼくの手から取りあげられて、ママの手に収まる。そうしたら、ママはありがとうって言って、その箒でぼくをお仕置きすることになるんだ」

「寝ろ。坊主《ぼうず》。いいから、寝ろ！」

でも、どちらも眠れなかった。にんじんは寝苦しくて、ふとんから顔を出すと、何度も寝返りを打った。

そんなにんじんを見て、名付け親のおじさんのほうは、「かわいそうにな」と言葉を洩《も》らした。

やがて、にんじんがうとうとしかかった頃、名付け親のおじさんに腕をつかまれて起こされた。

「坊主、いるか?」おじさんは言った。「ああ、夢か。おまえが泉で溺《おぼ》れかけた時のことをまた夢に見たんだ。あの時のことを覚えているか?」

「うん、まるであそこにいるようにね。でも、文句を言うわけじゃないけど、おじさんはあの時のことを話しすぎるよ」

「ああ、坊主。あの時のことを思い出すたびに、わしは身体が震えてくる。わしはあの時、泉のそばの草っぱらにころがってぐっすり眠っていた。おまえが泉のほとりで遊んでいる間な。そしたら、おまえが足をすべらせて、泉のなかに落ちてしまって……。たぶん、助けてとか叫びながら、水のなかでもがいていたんだろう。だが、なんてこった。わしにはなんにも聞こえなかったんだ。水は浅くて、猫が溺れるくらいの深さしかなかったが、おまえは立ちあがることができなかった。いや、そいつがいちばんの問題だ。おまえは立ちあがろうと考えなかったのか?」

「ぼくがあの時、何を考えていたかなんて、覚えてると思う？」

「結局、おまえがバシャバシャやっている音で、わしも目が覚めたがな。あれがぎりぎりだった。かわいそうに。坊主。かわいそうにな。おまえはポンプのように水を吐きだしてた。で、家に連れかえって、ベルナールのよそいきに着替えさせてやったんだが……」

「あれはチクチクしたよ。かゆくて、かゆくて。まるで馬の毛でできているみたいだった」

「まさか。だが、ベルナールはちょうど、おまえさんに貸せるようなきれいなシャツを持ってなかったんだ。まあ、今はこうして笑ってるがな。あと一分、いや、あと一秒、遅かったら、おまえは死んでるところだった」

「そしたら、今頃、どこか遠くにいられたのにね」

「そんなことは言うもんじゃない。いや、わしがつまらんことを言ったのが悪かったんだ。どっちにしろ、あれからわしは、夜になっても眠れなくなっちまった。朝までぐっすりなんてことはない。しかたがない。あの時の罰《ばち》があたったんだと思うよ」

「ぼくは罰にあたっていないからね。もう眠いよ」

「寝ろ、坊主。寝ろ！」

「じゃあ、手を放してくれないかな。ぼくが眠ったら、また握っていいから。それから、足をどけてくれない。毛が触るから……。ぼくは誰かに触られていると眠れないんだ」

プラム

それからしばらくしても、ふたりはまだ羽根ぶとんのなかでもぞもぞしていた。名付け親のおじさんが言った。

「坊主《ぼうず》、寝たか？」

「まだだよ」

「わしもだ。いっそのこと起きちまうか？　よかったら、ミミズを掘りに行かないか？」

「いいね」にんじんは答えた。

そこで、ふたりはベッドから飛びだした。そうして着替えをすませ、ランタンに火をともすと、庭に行った。

にんじんはランタンを持った。名付け親のおじさんはブリキの缶を手にしている。缶には湿った土が半分ほど入れてあって、そこで釣り用のミミズを飼っているのだ。土の表面は濡《ぬ》れた苔《こけ》で覆《おお》ってあり、ミミズが逃げないようにしている。ミミズは湿気が好きなので、一日じゅう雨が降った日は、たくさん採れた。

「ミミズの上を歩かんように気をつけてな」おじさんが言った。「そっと歩くんだ。風邪をひく心配さえなけりゃ、靴でなくスリッパで行くんだが……。ちょっとでも音がしたら、ミミズはまた穴のなかにもぐりこんじまうからな。地面に出てきたところを捕まえるしかないんだ。つかむ時は、素早く、ちょっと力をこめてな。手からすべって逃げてしまうから……。穴のなかに戻りかけたら、手を放すんだ。そうしないと、ちぎれちまう。ちぎれたミミズはなんの役にも立たん。缶のなかで腐って、ほかのミミズも腐らせちまう。魚はそういうのに敏感だから、食いつかなくなるんだ。まあ、釣り人によっちゃ、ミミズをケチって半分にするやつもいるがね。だが、それはまちがってる。大きな魚は生きたミミズを丸ごと一匹、餌《えさ》にしないと釣れないんだ。水のなかでくねくねしているやつじゃないとな。それを見ると、魚のやつはミミズが逃げようとしていると考える。で、あとを追って、安心してぱくりと食いつくんだ」

「ああ、でも、なかなかうまくとれないよ」ミミズを掘りながら、にんじんはつぶやいた。「ほら、ミミズの出すネバネバで指がこんなに汚くなっちゃった」

するとと、おじさんが言った。

「ミミズは汚くないぞ。ミミズってのは、世界でいちばんきれいなもんだ。土しか食わんのだからな。腹を指で押したら、土しか吐かない。わしはミミズを食ってもいいね」

「じゃあ、ぼくの分はおじさんにあげるよ。食べてみせて」

「いや、こいつはちょっと大きすぎる。こいつを食うんだったら、まず焼かなきゃな。それから、パンにのせて食うんだ。でも、小さいやつだったら、生で食える。ミミズっていうか、プラムについてる虫だったらな」

「知ってるよ。うちの家族はみんな気持ち悪がっているけどね。特にママは……。ママはおじさんのことを思い出すだけで、胸が悪くなるって……。ぼくはプラムについた虫は食べないけど、でも、おじさんが食べるのは嫌だと思わないよ。だって、おじさんは優しいし、ぼくたちは仲がいいからね」

そう言うと、にんじんはランタンを持ちあげて、近くにあったプラムの木の枝を引き寄せた。そうして、いくつかプラムの実を摘むと、きれいなものは手元に残して、虫が食っているものを名付け親のおじさんに渡した。おじさんは種も取らずに、それを丸呑《まるの》みしてしまった。

「こいつがいちばんうまいんだ」

それを見ると、にんじんは言った。

「ぼくもいつか試してみて、食べられるようにするよ。ただ、口から虫の臭《にお》いがして、ママがキスしてくれた時に気づかれちゃうのが心配だけど……」

「臭いなんかしないさ」そう言うと、おじさんはにんじんの顔に息を吹きかけた。

「ほんとだ」にんじんは答えた。「煙草《たばこ》の臭いしかしない。でも、すごい臭いだ。ねえ、おじさん。ぼくはおじさんのことが大好きだけど、おじさんがパイプを吸わなきゃ、もっと好きになるよ。ほかの誰よりもね」

すると、おじさんは言った。

「だが、坊主。こいつは健康にいいんだぞ」

マチルド

「あのね、ママ」お姉さんのエルネスティーヌが息を切らして駆けてくると、お母さんに言いつけた。「にんじんがまた牧場《まきば》でマチルドと花嫁さんごっこをしてるのよ。お兄ちゃんにお花の衣装を着せてもらって……。花嫁さんごっこは、やっちゃいけないのよね」

　確かに、エルネスティーヌが言うように、ちょうどその頃、牧場では真っ白なクレマチスに包まれて、マチルドがじっとしていた。これだけクレマチスがあれば、疝痛《せんつう》を鎮《しず》めるのに、一生困らないだろう（訳注　クレマチスは疝痛には効かない。薬草としては、リューマチ、痛風に効く）。全身を花で飾られたマチルドの様子は、〈オレンジの花の冠〉

を被《かぶ》った本物の花嫁のように見えた（訳注　オレンジの花は処女性の象徴。結婚式では花嫁が髪飾りとしてつける）。

クレマチスはまず冠に編まれてマチルドの髪を飾っている。そこから、豊かに肩の前後に流れ、腕に巻きつきながら、美しい花模様をつくっている。後ろは花飾りの房が地面にまで達し、ウエディングベールのように長く裳《も》裾《すそ》を引いていた。お兄さんのフェリックスはそれでもまだ満足できないらしく、花飾りの裾を伸ばしていた。

と、しばらくして、お兄さんが後ろにさがって言った。

「これでよし。動くんじゃないぞ。にんじん、今度はおまえだ」

そこで今度はにんじんの番になって、にんじんはやはりクレマチスの花婿《はなむこ》衣装で飾られることになった。ただ、にんじんの衣装にはところどころにケシやサンザシ、タンポポの花がちりばめられ、マチルドの衣装とは区別がつけられた。全身が花の飾りで覆《おお》われても、にんじんはふざけて笑うつもりはなかった。ほかのふたりも真剣な顔をしている。儀式にはそれにふさわしい顔つきというものがあるのだ。お葬式の場合は最初から最後まで悲しい顔をしていなければならない。結婚式の場合はミサが終わるまで真剣な顔だ。だから、遊びでもそうしないと面白くないのだ。

にんじんの支度が終わると、お兄さんが言った。

「さあ、手をつないで、そっと前に進むんだ」

三人はお互いに少し離れて、ゆっくりと牧場を歩きはじめた。裳裾が地面にひっかかって動けなくなると、マチルドは花飾りの房に指を入れて、衣装の裾を持ちあげた。その間、にんじんは片足をあげたまま、礼儀正しく、マチルドが歩けるようになるのを待った。

いっぽう、お兄さんのフェリックスはにんじんとマチルドのほうを向いて、後ろ向きに歩きながら、指揮者のように両腕を振って、ふたりに歩く速さの指示を出していた。また、市長になったつもりでふたりに挨拶《あいさつ》をしたり、神父さまになったつもりでふたりを祝福したり、友人になってお祝いの言葉を述べたりした。そうかと思うと、棒切れを二本拾い、ヴァイオリン奏者になったつもりで、その二本の棒をこすり合わせた。

そうして、牧場の真ん中まで来ると、お兄さんが言った。

「止まれ！　ちょっと問題が起こった」

どうやらマチルドの冠が持ちあがったのが気になったらしい。平手で上からぱんと叩《たた》くと、お兄さんはまたふたりに歩くように言った。

と、その時、マチルドが言った。

「痛い！」

クレマチスの蔓《つる》が髪の毛を引っ張ったのだ。お兄さんが蔓を髪ごと引き抜いて、三人はまたしばらく歩きつづけた。

やがて、お兄さんが言った。

「さあ、ここでいい。ふたりはもう結婚した。だから、キスをするんだ」

そして、にんじんとマチルドがためらっているのを見ると、さらに続けた。

「どうしたんだよ。早くキスしろよ。結婚したら、キスするって決まってるんだから……。ほら、愛してるとか言って……。さあ、早く！ ふたりともさっきから突っ立ったままじゃないか！ しようがないやつらだな」

お兄さんのほうは、どうやら愛してるって誰かに言ったことがあるらしい。ふたりを馬鹿《ばか》にしたように見ると、見本を示すと言って、自分が先にマチルドにキスをした。

それを見ると、にんじんは大胆になって、マチルドの顔に垂れさがる花飾りの房をかきわけて、頬にキスをした。

「ねえ、マチルド、遊びじゃないよ。大人になったら、本当に結婚するつもりなんだから」にんじんは言った。

その言葉に、マチルドは自分がされたように、にんじんにキスをした。ふたりは真っ赤になって、もじもじした。

すると、お兄さんが人差し指で頭に角をはやした格好をして、からかった。

「真っ赤だ、真っ赤だ。太陽だ」

お兄さんは足を踏み鳴らすと、口から泡を飛ばし、両手の人差し指を今度はこすりあわせながら、なおも言った（訳注　両手の人差し指をこすりあわせるのは、わざと意地悪をし、怒りそうな相手をはやしたてる仕草）。

「わーい、ふたりとも本気になってやんの。馬鹿だ、馬鹿だ」

それを聞くと、にんじんは言い返した。

「真っ赤になんかなってないよ。それに、笑いたければ笑うがいいさ。お兄ちゃんが笑ったって、ぼくはマチルドと結婚するんだから……。ママが許してくれたらだけど……」

と、その瞬間、「そんなことは許しません！」と、牧場の柵《さく》の陰から当のお母さんが現われて言った。お姉さんのエルネスティーヌを後ろに従え、柵の戸をあけて中に入ってくると、お母さんは途中の生垣で立ちどまり、枝を一本、折りとった。葉をむしり、棘《とげ》は残して、こちらに向かってやってくる。その様子は嵐《あらし》が近づいてくるみたいだった。

お兄さんが言った。

「気をつけろ！　あの枝でぶたれるぞ」

と、その次の瞬間には、お兄さんは逃げ出して、あっという間に牧場の端まで行くと、そこからこちらを見ていた。

でも、にんじんは逃げなかった。にんじんはいつも逃げない。あんまりお母さんが怖いので、どうせ怒られるなら、早く怒られてしまったほうがいいからだ。けれども、今日はそんな臆病《おくびょう》な気持ちからではなく、勇敢な気持ちから逃げなかった。

その間、マチルドは身を震わせながら、目の前で花婿が死んでしまったかのようにしゃくりあげていた。

「心配いらないよ」マチルドに向かって、にんじんは言った。「ママがどうするかはわかってるからね。ママが怒るのはぼくだけだ。大丈夫、全部、ぼくが引き受けるから……」

「でも、あなたのママはあたしのママに言いつけるわ。そしたら、あたし、ママにぶたれちゃう」

その言葉を聞くと、にんじんは言った。

「それはお仕置きって言うんだよ。そんなことするのは、躾《しつけ》のためなんだって。君のママも君のことをよく躾けるの？」

「さあ、時によるわ」

「ぼくはしょっちゅうだよ」

「でも、あたし、何もしてないわよ」

「そうだけどね。ほら、来たよ」

お母さんはすぐそこまで来ていた。もう逃げることはできない。急がなくても大丈夫だと思ったのか、お母さんが速度をゆるめた。と、お姉さんのエルネスティーヌが足を止めた。すぐ目の前でにんじんがぶたれたら、戻ってきた枝で自分もぶたれるのではないかと、それが怖かったのだ。エルネスティーヌはにんじんたちから離れたところにとどまった。にんじんは〝花嫁〟を守るようにして、お母さんの前に立ちはだかった。その〝花嫁〟はますます激しくしゃくりあげていた。それに合わせて、クレマチスの花が揺れる。と、お母さんが枝を振りあげた。にんじんは真っ青になって、とっさに首をすくめ、身体《からだ》を両腕で抱きかかえた。まだ枝はふりおろされていないのに、腰のあたりが焼けつき、ふくらはぎがひりひりするのを感じる。だが、それでも、誇りをもって叫んだ。

「いいじゃないか！　楽しんでるんだから！」

金庫

翌日、にんじんを見ると、マチルドが言った。

「あなたのママがあたしのママに話したのよ。あたしはお尻《しり》をぶたれたわ。あなたは？」

「覚えてないよ」にんじんは答えた。「でも、君はぶたれなくてもよかったのに……。ぼくたちは何も悪いことをしてないんだから……」

「ええ、もちろんよ」

「ねえ、もう一度、はっきり言っておくけど、君と結婚するつもりだと言ったのは、本気だったんだよ」

「あたしだって、そのつもりよ」

「君の家は貧乏で、ぼくの家は金持ちだ。だから、普通だったら、君を馬鹿《ばか》にするところだけど、でも、心配はいらないよ。ぼくは君を大切に思っているからね」

と、マチルドが尋ねた。

「金持ちってどのくらい？」

「パパやママは少なくとも百万は持ってると思うよ」

「百万って、どのくらい？」

「たくさんだよ。持ってるお金を使いきれないくらいだ」

「うちのパパとママはお金がないって、よく嘆いているわ」

「うちだってそうだよ。誰もが嘆くんだ。同情を引くためにね。それと、嫉妬《しっと》を買わないようにするために……。でも、ぼくはちゃんと知っている。うちは金持ちだよ。毎月、最初の日にパパはちょっとだけひとりで部屋にこもることがある。そうすると、金庫の錠がギリギリいう音が聞こえてくる。夜になって、アマガエルが鳴くみたいな音がね。金庫をあけるのには呪文《じゅもん》が必要で、その言葉はママもお兄ちゃんもお姉ちゃんも知らない。ぼくとパパだけが知ってるんだ。で、パパがその呪文を唱えると、金庫が開くんだ。そうすると、パパは金庫からお金を取りだして、それを台所のテーブルの上に置く。何も言わずにね。ただ、かまどに向かって仕事をしているママが気づくように、小銭をチャリンと鳴らすだけだ。それから、外に出ていってしまう。パパが出ていくと、ママは急いで後ろを振りかえって、テーブルに行き、お金をしまうんだ。毎月、必ずこうだからね。しかも、ずっと前から変わらない。うちに百万以上ある、何よりの証拠だよ」

すると、マチルドが言った。

「呪文って、どんな呪文？」

「訊《き》いたって、無駄だよ。今は教えられない。教えてあげられるのは結婚した時だ。それも、君がほかの人には言わないって約束したあとでね」

「今すぐ教えて。ほかの人には言わないって約束するから」

「だめだよ。ぼくとパパの秘密だからね」

「そんなこと言って、本当は知らないんでしょう？　知っていたら、教えてくれるはずだわ」

「まさか。知ってるよ」

「知らないのよ。知らないのよ。そうに決まってる。そうに決まってるわ」

それを聞くと、にんじんはいかめしい口調で言った。

「それなら、賭《か》けるかい？」

「賭けるって、何を？」急におじけづいた様子で、マチルドが尋ねた。

「そうだな。ぼくが呪文を教えたら、君の身体《からだ》の好きなところに触っていいっていうのはどうだい？」

それを聞くと、マチルドはちょっと興味を引かれたような顔でにんじんを見つめた。呪文も知りたいし、にんじんの言ったことにも好奇心をくすぐられたという感じだ。といっても、にんじんの言ったことの意味はよくわからないようだったが……。ちょっとずる賢そうに、グレーの瞳《ひとみ》を閉じると、マチルドは言った。

「でも、にんじん。呪文が先よ」

「じゃあ、誓ってよ。ぼくの好きなところを触らせてくれるって」

「それはだめよ。ママが誓っちゃいけないって言うから」

「じゃあ、呪文は教えない」

「それならいいわ。教えてくれなくたって、あたしにはわかるもの。わかるもの」

マチルドの言葉を聞いているうちに、にんじんは我慢できなくなった。そこで、乱暴に事を進めようとした。

「いいかい、マチルド。君にはわからない。でも、君が約束を守るって言うなら、誓わなくてもいいよ。今から教えてあげるから……。金庫をあける前に、パパは〝リュスチュクリュ〟（訳注　間抜けという意味）って呪文を唱えるんだ。さあ、呪文を教えたから、ぼくは好きなところを触っていいね」

「リュスチュクリュ！　リュスチュクリュ！」マチルドは後ろにさがりながら歌うように言った。秘密を聞きだせたのは嬉《うれ》しかったけれど、それと同時に、嘘《うそ》をつかれたのではないかと心配になったらしい。「だめよ、にんじん。あたし、騙《だま》されないわよ」

　そして、にんじんが何も言わずに、マチルドのほうに進んで、思いきって手を伸ばすと、素早く身をかわして、笑いながら逃げていった。

と、マチルドの姿が消えた時、背後で笑い声がした。振りむくと、馬小屋の天窓から男がひとり顔を出し、にっと歯を見せていた。お城の奉公人のピエールだ。

「おい、にんじん。全部、見てたぞ。おまえの母さんに言いつけてやるからな」

「やあ、ピエールおじさん。あれは冗談だよ」にんじんは答えた。「マチルドをかつごうとしただけさ。〝リュスチュクリュ〟っていうのは偽《にせ》の言葉なんだ。本当の言葉は、ぼくも知らないんだ」

「そうあわてるなって。にんじん。リュスチュクリュなんてどうでもいい。そんなことを母さんに言うつもりはないね。おれが言いつけるのは、ほかのことさ」

「ほかのこと？」

「そうさ。ほかのことだ。おれは見たんだ。しっかりとこの目でね。そうじゃないなんて言わせないよ。おまえの年で、あんなことをするとはな。母さんに言いつけたら、今晩、おまえの耳ははれあがるだろうよ」

そう言われると、にんじんはもう何も言い返すことができなかった。顔を真っ赤にすると（そのせいで、赤い髪が目立たなくなったほどだ）、ポケットに手を突っこみ、その場から遠ざかっていった。ふんふんと鼻を鳴らして。ひきがえるのようにのそのそと……。

おたまじゃくし

にんじんはひとりで庭で遊んでいた。庭で遊ぶのはにんじんが悪いことをしていないかどうか、窓から見張っているお母さんにわかるようにするためだ。そこでいつものようにおとなしく遊んでいると、友だちのレミがやってきた。レミはにんじんと同い年の男の子で、左足が悪い。それでも走るのが好きで、スキップをするようにして走った。レミは手に籠《かご》を持っていた。

「にんじん、パパが麻を川に浸《つ》けにいくんだけど、一緒に手伝いに来ないか？（訳注　麻から繊維をとりだすための作業。繊維をとりだすには、茎を水に浸けて、皮をむき、肉質をこそげおとす必要がある）そのついでに、こいつを使っておたまじゃくしをとろう」

「じゃあ、行ってもいいかどうか、ママに訊《き》いてくれる？」

「おれが？　どうして？」

「だって、ぼくが訊いたら、だめだって言うから」

と、ちょうどその時、お母さんが窓のところに姿を現わした。

「こんにちは、マダム」レミが言った。「これからおたまじゃくしをとりにいくんだけど、にんじんを連れていってもいいですか？」

けれども、その言葉は聞こえなかったらしく、お母さんは窓ガラスに耳をつけた。レミがまた大きな声で同じことを言った。すると、今度は聞こえたらしい。お母さんは口を動かした。でも、それはにんじんたちには聞こえなかったので、ふたりはどうしたものかと顔を見合わせた。と、お母さんがはっきりと首を横に振って、行ってはいけないという合図をした。

「行っちゃいけないみたいだ」にんじんは言った。「きっとあとでぼくに用事があるんだろう」

「残念だな。一緒に行けたら、とっても楽しかったろうに……。行っちゃいけないんだ。いけないんだ」

「ねえ、ここで一緒に遊ばないか？」

「嫌だよ。おれはおたまじゃくしをとりにいきたい。今日は暖かいからね。籠いっぱいにとれるぞ」

「じゃあ、ちょっと待ってくれない。ママはまずだめだって言うんだ。でも、あとで考えなおすこともあるから……」

「なら、十五分だけ。それ以上は待たないぞ」

そこで、ふたりはポケットに手を突っこみながら、こっそりと玄関の石段を窺《うかが》った。と、しばらくして、玄関の扉が開いた。にんじんはレミを肘《ひじ》でつついた。

「な、言ったろう?」

そのとおり。玄関口にはお母さんが現われた。にんじんがおたまじゃくしをとりにいけるよう、手には籠を持っている。お母さんは石段を降りてきて——でも、突然、はっとしたように立ちどまった。

「あら、レミ、まだここにいたの。もうとっくに行ったと思っていたのに……。こんなところで道草を食っているなんて、あなたのお父さんに言って、叱《しか》ってもらわなくてはね」

それを聞くと、レミが答えた。

「でも、マダム。にんじんがもう少し待てって言ったんです」

するとお母さんの顔色が変わった。

「ああ、そうなの？　にんじん」

にんじんは肯定もしなければ否定もしなかった。もうどうしていいかわからなかった。お母さんのことはよく知っていたので、気持ちが変わって、行ってもいいと言ってくれることはわかっていた。それなのに、レミの馬鹿《ばか》たれが余計なことを言って、話をぶちこわしてしまったのだ。にんじんはもうどうでもいいという気持ちになって、そっぽを向くと、靴の底で草を踏みにじった。

お母さんが言った。

「待ってどうなるの？　わたしが一度決めたことを変えたことがあると思う？」

それだけ言うと、そのあとには何もつけ加えず、お母さんは籠を手にしたまま石段をのぼり、家のなかに戻った。その籠には採れたての胡桃《くるみ》が入っていたのだが、お母さんはにんじんがおたまじゃくしをとりにいけるよう空にしていた。でも、それは結局、使われないことになった。

その頃、レミはにんじんの家を遠く離れていた。

にんじんのお母さんは冗談を言ったりしない。近所の子供たちはにんじんのお母さんを学校の先生のように恐れて、なるべく近づかないようにしていた。

レミは川べりに向かっていた。スキップをするように……。地面をひきずるような音がして、そのあとには一本、線が残った。

にんじんのほうは楽しみを奪われ、そのあとは遊ぶ気にもならなかった。

結局、午後の大半を無駄にしてしまった。

そのうちに後悔がやってくるはずだ。

にんじんは後悔が来るのを待った。

ひとりぼっちで、なすすべもなく、にんじんは退屈な時間を過ごした。これは罰なのだ。罰が向こうからやってきたのだ。

お芝居ふうに

第一場

（にんじんが新しいネクタイをし、靴につばを吐きかけて、磨こうとしている。そこにお母さんが現われる）

お母さん　どこに行くの？

にんじん　パパと散歩だよ。

お母さん　行ってはいけません。さもないと……。

（そう言いながら、勢いよく、右手を後ろに振りあげる）

にんじん　（小声で）わかったよ。

第二場

（にんじん、柱時計の近くで考えこんでいる）

にんじん　どうしよう？　ビンタを避けたいってことなら、パパはママよりビンタをしない。もしそうなら、どうすればいいかはすぐにわかる。パパには悪いけれど……。

第三場

（お父さんはにんじんをかわいがっているが、いつも仕事であちこち飛びまわっているので、なかなかにんじんの相手をしてやることができない）

お父さん　さあ、行こう。

にんじん　それがだめなんだ。パパ。

お父さん　だめとはどういうことだ？　行きたくないのか？

にんじん　行きたいよ。でも、行けないんだ。

お父さん　何があったんだ？　説明してくれないか？

にんじん　何もないよ。でも、行けないいんだ。

お父さん　そうか、またいつもの気まぐれだな。まったくしようのないやつだ。これじゃどうやっておまえの言葉を信用すればいいんだ。行きたいって言っていたかと思うと、行きたくないって言うんだから……。わかったよ。家にいるがいい。そして、好きなだけ泣きべそをかいてりゃいいんだ。

第四場

（お母さんはにんじんとお父さんのやりとりが聞こえるよう、ドアに耳をつけている）

お母さん　（にんじんに向かって猫撫《ねこな》で声で）かわいそうに。（それから、にんじんの髪に手を入れて、その髪をひっぱる）こんなに泣いてるじゃないの。お父さんが（そう言って、お父さんの顔をちらっと見て）無理やり連れていこうとするから！　お母さんなら、そんなひどいこと、しないわ。（お父さんとお母さん、互いに背を向ける）

第五場

（にんじん、押入れのなかでうずくまっている。口に一本、指をくわえて、もう一本で鼻をほじりながら）

にんじん　しようがない。誰もが孤児になれるわけじゃないんだ。

狩猟

お父さんはにんじんとお兄さんをかわりばんこに狩りに連れていってくれる。そんな時、子供たちは獲物袋を肩にかついで、お父さんの後ろについていく。といっても、銃があるので、真後ろではなく、少し右を歩いた。お父さんは疲れを知らずにずんずん歩いていく。そのあとを、にんじんは決して不平を鳴らさず、歯を食いしばってついていった。靴が破けても何も言わない。足の親指が曲がって、しかも腫《は》れて小さな金槌《かなづち》のような形になっても、泣きごとひとつ洩《も》らさなかった。

おまけに獲物は絶対に手から離さなかった。たとえば、狩りの最初でお父さんが野うさぎを仕留めてこう言ったとする。

「この先の最初の農家に預けるか、生垣のなかに隠すかして、帰りに拾っていくことにするか？」

でも、にんじんはこう答える。

「嫌だよ、パパ。ぼくはこのまま持って歩きたいよ」

こうして、日によっては一日じゅう野うさぎを二匹とヤマウズラを五羽、肩にかついで歩くことになるのだ。

そんな時は、獲物袋のベルトの下に手やハンカチをはさんで、肩の痛みをやわらげる。けれども、途中で誰かに出会ったら、袋が重いことも忘れて、自慢げに背中を見せるのだ。

反対に、獲物がひとつもない時は、人に自慢することもできないので、くたびれてしまう。すると、お父さんはこう言う。

「ここで待ってろ。私はあっちの畑のほうに行ってくるからな」

さて、その日も太陽が照りつけるなか、お父さんにそう言われて、にんじんは立ちどまった。そして、苛々《いらいら》した気持ちで、お父さんの後ろ姿を見送った。お父さんは畑に入り、畝《うね》から畝へ、溝から溝へと地面を踏みしめながら、馬鍬《まぐわ》で畑を耕すように、足の先で土をならしていく。そうかと思うと、畑の脇《わき》の灌木《かんぼく》の茂みや生垣、アザミの茂みを銃の先でつついたりした。でも、元気なのはお父さんだけで、猟犬として連れてきているピラムもあまりの暑さに何もすることができず、日陰に寝そべって、舌を出してハアハアと息をしていた。

〈あそこには何にもいないよ〉お父さんを見ながら、にんじんは考えた。〈いくら茂みをつついて、イラクサをかきわけ、獲物を探してもね。ぼくが野うさぎで葉っぱの下の巣穴に隠れているんだったら、今日みたいに暑い日には絶対に外に出ていかないもの〉

するとと、なんだか急に腹が立って、にんじんは小声でお父さんの悪口を言った。

そのうちに、お父さんは生垣を乗り越えるためのはしごを使って反対側に降り、獲物を探してウマゴヤシの原っぱを歩きはじめた。そこなら野うさぎが見つかってもおかしくない。

「パパはここで待ってろと言ったけど……」にんじんは声に出してつぶやいた。「今はパパのあとについていったほうがいいんじゃないだろうか？　一日の始まりが悪ければ終わりも悪いって言うからね。パパは汗びっしょりになって歩きまわって、犬はへとへと、ぼくだってくたくたじゃ、なんにもしないで座ってたみたいなもんじゃないか。このままじゃ、今日は獲物なしに帰ることになるぞ」

それではいけないと思って、にんじんはお父さんのそばに行って、帽子のつばに手をかけることにした。というのも、にんじんは縁起をかつぐところがあって、本気でそれを信じているのだ。

にんじんの縁起のかつぎ方は、「獲物が現われてほしいと思った時に、帽子のつばをつかむ」というものだ。実際、狩りの途中で帽子のつばをつかむと、突然、ピラムが立ちどまり、尻尾《しっぽ》を硬くして、全身の毛を逆立てるのだ。お父さんも銃をかまえて、しのび足で歩きながら、獲物がいるらしいところに近づいていく。それを見ると、にんじんも足を止めて、じっと様子を窺《うかが》う。胸がどきどきしはじめて、たちまち息苦しくなってくる。これで第一段階の終了だ。

そこで、にんじんは今度は帽子を少し持ちあげる。すると、ヤマウズラが数羽飛びたつか、野うさぎが茂みからぱっと飛びだす。これが縁起かつぎの第二段階。そして、その獲物をお父さんが手にすることができるかどうかは、にんじんが縁起かつぎの最後の仕上げをするかどうかにかかっている。にんじんが帽子をかぶりなおせば、お父さんは撃ち損じ、にんじんが誰かに挨拶《あいさつ》をする時のように帽子を持ちあげれば、お父さんは仕留めることができるのだ。

にんじんはこのやり方は絶対に失敗しないと信じていた。もちろん、何度もやりすぎると効果がなくなってくるが、それは同じことを繰り返すのに〝幸運〟がうんざりしてしまうからだろう。だから、にんじんは〝幸運〟がうんざりしないように、帽子のつばに手をかけて持ちあげる回数を減らし、その間隔をあけていた。そうしていると、このやり方はまずまちがいなく成功した。

「どうだ？　私が仕留めたところを見たか？」この時も、それが成功して、お父さんが言った。重さをはかるように、まだ温かい野うさぎを持ちあげ、金茶色のおなかに触れて、最後に残っていたものを押し出す。だが、そこで突然、にんじんの様子に気づいて尋ねた。

「どうして笑っているんだ？」

「だって、パパが獲物を仕留められたのはぼくのおかげだからさ」

そう答えると、にんじんはこの成功に気をよくして、このやり方がどんなに効果があるか、胸を張って説明した。

すると、お父さんはびっくりしたように尋ねた。

「そんなことをまじめに言っているのか？」

「まあ、絶対にまちがわないとまでは言わないけどね」

でも、それを聞くと、お父さんは怒りだした。

「黙りなさい。なんという馬鹿《ばか》なことを言うんだ。おまえはもっと賢い子だと思っていたが……。これまでどおり、賢い子だという評判を保ちたかったら、知らない人の前ではそんなことは言わんほうがいい。大笑いされるのがオチだ。それとも、何か、おまえは父親をからかったのか？」

にんじんはあわてて答えた。

「そんなことないよ、パパ。パパの言うとおりだよ。ごめんなさい。あんなこと言って、ぼくは馬鹿だったよ」

こばえ

そのあとも、狩りは続いた。にんじんは馬鹿《ばか》なことを言ったと後悔するあまり、肩をそびやかして歩いた。そうしてお父さんから一歩も遅れないように、お父さんが左足で踏んだところに左足をのせ、右足で踏んだところに右足をのせるという形で必死についていった。ただ、そのためにはものすごく大股《おおまた》で歩かなければならないので、まるで人食い鬼に追いかけられて、逃げているみたいだった。足を止めるのは、野生の梨《なし》やスピノサスモモの実など、熟した果物をとる時だけだ。果汁で唇を白くしながら果物を頬ばると、喉《のど》の渇きもやわらいだ。もっとも、喉の渇きは、獲物袋のポケットに入っているブランデーを飲むことでも癒《い》やしていたのだが……。だが、そこでひとつだけ問題があった。お父さんが狩りの成果に酔って、「ブランデーをくれ」と言わないのをいいことに、自分ひとりでほとんど瓶を空にしてしまったことだ。

「パパ、ひと口飲む？」せめて最後はお父さんにと思って、にんじんは訊《き》いた。けれども、風に乗って「いらん」というぼそぼそした声が返ってきただけだったので、にんじんはとうとう最後のひと口を飲み、瓶を空けてしまった。それから、頭がふらふらするのを感じながら、お父さんのあとを追いかけていった。

と、その時、名案がひらめいた。お父さんに追いついて足を止めると、にんじんは人差し指を耳の穴に突っこみ、中で激しく動かしてから、外に出した。それから、何かに耳を傾けているふりをすると、お父さんに叫んだ。

「ねえ、パパ。耳にこばえが入っちゃったみたいなんだ」

「とったらいいじゃないか」お父さんは答えた。

「ずっと中まで入っちゃったんだよ。指が届かないんだ。ねえ、耳のなかでぶんぶん言ってるよ」

「じゃあ、そのままにしておくがいい。勝手に死ぬよ」

「でも、はえが卵を生んじゃったら？　巣を作っちゃったら？」

「ハンカチで角を作って、ほじくりだせないか？」お父さんが言った。

そこで、にんじんはいよいよさっき思いついた計画を実行に移すことにした。

「ねえ、ブランデーを耳の穴に入れて、こばえを溺《おぼ》れさせたらどうかな？　ねえ、やってもいい？」

するとお父さんは答えた。

「好きなものを入れるがいい。だが、急ぐんだぞ」

にんじんは自分の耳にブランデーの瓶を傾けた。そして、お父さんがブランデーを欲しいと言った時に備えて、もう瓶には残っていないという仕草をしてみせた。こうして、瓶は今日、二度目に空になった。

それがすむと、にんじんは駆けだしながら、元気に叫んだ。

「ねえ、パパ、もうこばえがぶんぶん言う音は聞こえないよ。きっと死んだにちがいないよ。だって、お酒を全部飲んじゃったんだから」

初めてのヤマシギ

「そこで準備をしていろ」お父さんが言った。「そこがいちばんいい場所だ。私はピラムと森に行って、ヤマシギを追い出してくる。ピピ、ピピという鳴き声が聞こえたら、耳をすまして、よく見るんだ。ヤマシギが頭の上を飛んでいくはずだからな」

それを聞くと、にんじんは銃を斜めにしっかり持った。ヤマシギを撃つのはこれが初めてだった。お父さんの銃を使って、にんじんは前にウズラを一羽仕留めていた。それから、野うさぎを一匹、撃ちそこなっていた。仕留めることはできなかったが、弾がかすって、ヤマウズラの羽根を散らしたこともある。

ウズラは地面にいるところを仕留めた。突然、ピラムが立ちどまったかと思ったら、その鼻の先にウズラがいたのだ。最初にんじんは、この〝地面と同じ色の丸い塊〟を見ても、ウズラだとは気がつかなかった。そして、

「さがれ！　にんじん、近すぎる！」

というお父さんの言葉にはっとなって、本能的に足を一歩前に踏みだした。

そのあとはあっという間だった。気がついたら、にんじんは銃をかまえて、引き金を引いていた。銃弾は至近距離で土色の丸い塊にあたり、丸い塊は地面にめりこんだ。ウズラは元の姿をとどめず、あとにはただ羽根が数枚と血まみれになったくちばしが残っていただけだった。狩猟家《ハンター》としてはあまり自慢にはならない。でも、今、これからヤマシギを仕留めれば、若いのにたいした腕だと評判になるのはまちがいなかった。今日は自分の人生で記念すべき日にしなければならない。にんじんはそう思った。

もう夕方で、あたりは薄暗くなってきた。誰もが知っているように、たそがれ時は、物が見えにくい。すべてのものの輪郭がぼやけるのだ。蚊が一匹、まわりを飛びまわっているのがうるさかった。雷が近づいてくるのも心配だ。にんじんは胸がどきどきして、〈もう少し前だったらよかったのに〉と思った。

ツグミが数羽、野原のほうから戻ってきて、カシの木立ちのなかに入っていく。にんじんはツグミに狙《ねら》いをつけて、目を慣らした。それから、汗で湿った銃身を服の袖《そで》で拭《ふ》いた。あちらこちらで枯葉が舞っている。

と、その時、ようやくヤマシギが二羽、森から飛びたった。くちばしが長いせいで、ゆっくり飛んでいるように見える。二羽はぴったりと寄りそいながら、風に揺れる森の上に輪を描いた。

にんじんは耳をすました。お父さんが言ったとおり、ヤマシギはピピ、ピピと鳴いている。けれども、鳴き声が小さいので、こちらに向かっているのかどうかわからなかった。ヤマシギの姿をとらえようと、にんじんはその動きを激しく目で追った。そして、ふたつの影が頭上を通過した時、おなかに銃床をあて、おおよその見当をつけて、空に向かって発砲した。

すると、銃声があたりに鳴りひびくなか、一羽のヤマシギがくちばしを下にして落ちてきた。

近くに行くと、ヤマシギは翼が折れていた。にんじんはヤマシギを拾い、火薬のにおいを胸いっぱいに吸いながら、誇らしげに振ってみせた。

すぐにピラムが走ってきた。そのあとからは、特に急ぐ様子も見せず、お父さんも近づいてくる。

「これを見たら、びっくりするぞ」お父さんにほめてもらえると思いながら、にんじんはつぶやいた。

けれども、枝を払いのけて、すぐ目の前に姿を現わすと、まだ喜んでいるにんじんに向かって、お父さんは言った。

「おや、にんじん、どうして二羽とも仕留めなかったんだい？」

釣り針

魚釣りから帰ってくると、にんじんはナイフを使って、カワハゼ、ヤマベ、パーチなど、釣ってきた魚のうろこを落とした。それから、腹を裂き、ふたつに分かれた半透明の浮き袋を靴のかかとで破裂させ、取りだした内臓を猫にやった。そうして、濡《ぬ》れないように気をつけながら、白く泡の立っているバケツにかがみこむと、また魚を取りだし、夢中になって働いた。

と、その時、にんじんの様子を見に、お母さんがやってきた。

「よくやったわね。おかげで、おいしいフライが食べられるわ。あなたもその気になったら、できるじゃないの」

そう言うと、お母さんはにんじんの首から肩のあたりをぽんぽんと叩《たた》いた。だが、その瞬間、「痛いっ！」と言って、手を引っこめた。

見ると、指の先に釣り針がひっかかっている。

お母さんの声を聞いて、お姉さんのエルネスティーヌが走ってきた。お兄さんのフェリックスもそのあとについてくる。しまいには、お父さんもやってきた。

三人は「どうしたのか？」と口ぐちに訊《き》いて、お母さんの指を確かめようとした。けれども、お母さんはスカートをはいた膝《ひざ》の間で拳《こぶし》を握りしめて、指を見せようとしない。そのせいで、釣り針はますます深く、お母さんの指に食いこんだ。そこで、お兄さんとお姉さんがお母さんの身体《からだ》をしっかり押さえて、お父さんがお母さんの腕をつかんで宙に持ちあげた。それでようやく、みんなはお母さんの指を見ることができた。釣り針は指の先を貫通していた。

お父さんがそれをはずそうとした。と、たちまち、お母さんが大声をあげた。

「だめよ。そんなふうにしないで！」

実際、釣り針は抜こうとすると、先の部分か元の部分がひっかかって、止まってしまうのだ。

お父さんは眼鏡をかけた。

「なんてことだ。これじゃ、釣り針を壊さなければ！」困ったように言う。だが、どうやって壊せばよいというのだろう？　それに、お父さんがちょっとでも何かをすると、お母さんは飛びあがって、悲鳴をあげる。それはまるで心臓をえぐりだされるかのようだった。そうして、やっぱり釣り針は壊れない。しっかり焼きを入れて、頑丈に作られたものなのだ。

「こうなったら、肉を切るしかないな」眼鏡をしっかりかけなおしながら、お父さんが言った。そして、ナイフを取りだすと、刃先をお母さんの指にあてた。けれども、刃はあまり研いでいなくて、力の入れ具合も弱かったので、刃先は肉に入っていかなかった。お父さんは汗びっしょりになって、もう少し力を入れた。すると、ようやく血が出てきた。

「痛い、痛い、痛い！」お母さんが叫んだ。その声にみんなは震えた。

「早くして、パパ」お姉さんのエルネスティーヌが言った。

「ママも、そんな声を出さないで」お兄さんのフェリックスも言った。

そのうちに、お父さんは苛々《いらいら》してきたようで、ナイフであてずっぽうに指をひっかきまわすようにした。すると、お母さんは「人殺し！　人殺し！」とわめいていたが、幸いなことに、すぐに気を失った。

その間を利用して、お父さんは気持ちが動揺して真っ青になりながらも、肉を切り、ナイフで引き裂かれて真っ赤になった傷口から釣り針を取りだした。

これでひと安心だ。

その間、にんじんはなんの役に立つこともできなかった。お母さんが最初に悲鳴をあげた瞬間、その場を逃げだして、玄関の石段に座っていたのだ。頭を抱えて、どうしてこんなことになったのかを考えながら……。たぶん、釣糸を遠くに投げた時、釣り針が背中にひっかかっていたのだろう。

「だから、最後のほうは釣れなかったんだ」にんじんはつぶやいた。

お母さんの泣き叫ぶ声を聞いても、にんじんはちっともかわいそうだとは思わなかった。それどころか、反対に泣き叫んでやろうかと思った。できるだけ大きな声で、お母さんと同じくらい大きな声で、声がしゃがれるほど……。そうすれば、お母さんはそれでもうお仕置きは十分だと考えて、そっとしておいてくれるかもしれない。そう考えたのだ。

と、そのうちに、騒ぎを聞きつけた近所の人たちがやってきた。

「にんじん、何があったんだ？」

でも、にんじんは答えなかった。そうして、両手でしっかりと耳をふさいだ（そのせいで、にんじんの赤い髪は隠れて見えなくなった）。近所の人たちは玄関の石段のところにかたまって、家から人が出てくるのを待った。にんじんも、そっと様子を窺《うかが》った。

そのうちに、ようやくお母さんが家から出てきた。お母さんは子供を生んだばかりのように真っ青で、でも、危険をひとつ乗り越えてきたといった得意そうな顔をしていた。包帯にくるまれた指をみんなのほうに見せると、お母さんはまだ残っている痛みに耐えるように顔をしかめてみせた。それから、近所の人たちに笑いかけて、「なんでもないんですのよ」と安心させると、にんじんに向かって優しく言った。

「まったく、この子ったら、痛かったじゃないの。でも、お母さんは怒っていないわ。だって、あなたのせいじゃないんだから……」

それを聞くと、にんじんはびっくりして顔をあげた。お母さんにこんな口調で話しかけられるのは、これが初めてだった。不思議に思いながら、にんじんはきれいな包帯でぐるぐる巻かれて、太くなったお母さんの指を見つめた。それは角ばっていて、貧しい子供が持っている人形のように見えた。その瞬間、目に涙がにじんだ。

と、お母さんが身体をかがめた。にんじんはいつもの習慣で、頭を抱えて、身を守ろうとした。でも、お母さんはみんなの前で、優しくにんじんにキスをした。

にんじんは何が起こったのかわからなかった。ただ、涙があふれて止まらなくなった。

「もういいって言ってるでしょう。お母さんはあなたのことを許すって言ったのよ。あなた、お母さんがそんなに意地悪だと思う？」

にんじんは声をあげて泣きはじめた。

「もう、私がこの子の喉《のど》をかき切るとでも思ったのかしら？　馬鹿《ばか》ねえ」

近所の人たちのほうを向くと、お母さんは言った。近所の人たちは、お母さんの寛大な態度に感動しているらしい。

それを確かめると、お母さんはみんなに自分の指から取りだした釣り針を見せた。みんなは代わる代わる釣り針を手に取って、興味ぶかげに確かめた。ひとりが「これは八番の釣り針だ」と言った。お母さんはだんだんおしゃべりになってきて、何があったのか、みんなにぺらぺらと話しはじめた。

「ああ、あの時はこの子を殺してやりたくなりましたよ。いえ、本当にそうしていたかもしれません。この子をこんなに愛しているのでなけりゃね。それにしても、こんな小さな釣り針でもすごいものですね。私は天国にまで釣りあげられてしまうのではないかと思いましたよ」

それを聞くと、お姉さんのエルネスティーヌが、「だったら、その針を地面に埋めたらどう」と言った。「庭の端っこに穴を掘って、土をかぶせて、上から踏みかためたら」と……。

すると、お兄さんのフェリックスが反対した。

「だめだよ。その針はぼくがもらうよ。そいつを使って大物を釣るんだ。ママの血にひたした釣り針なら、大物が釣れるに決まってる。いいか？　太ももみたいにでっかい魚をいっぱい釣りあげてみせるから！」

そう言うと、お兄さんは「そうだろう？」と言うように、にんじんを揺すった。にんじんは罰を逃れたことにまだ茫然《ぼうぜん》としていた。それでも、後悔していることを見せるために、いっそう激しく泣きじゃくり、涙で顔を覆《おお》って、自分がお母さんを傷つけて平然としているひどいやつに見えないようにした。

銀貨

I

ある時、お母さんが言った。

「にんじん、何かなくした物はない？」

「ないよ、ママ」にんじんは答えた。

すると、お母さんが続けた。

「どうして、すぐに『ないよ』なんて答えるの？ それがなんだかわからないうちに……。ポケットをひっくり返してみるのが先でしょう？」

にんじんは言われたとおり、両方のポケットをひっくりかえした。ポケットはロバの耳のように両側に垂れた。

「そうだね、ママ。返してくれる？」にんじんは言った。

「返すって何を？　じゃあ、やっぱり、何かなくしたのね？　たまたま訊《き》いてみたんだけど、本当にそうだったんだわ。何をなくしたの？」

「知らない」にんじんは答えた。

それを聞くと、お母さんの声が怖くなった。

「ちょっと、気をつけなさいよ。あなたは嘘《うそ》をつこうとしているわね。釣られた魚みたいにあわてているんだから……。ゆっくり考えて、お答えなさい。何をなくしたの？　コマ？」

「そうだ。そのことは考えもしなかったよ。コマだよ。そうだよ、ママ。コマをなくしたんだ」

「『ちがうよ、ママ』でしょう。コマじゃありません。コマは先週、没収したんだから……」

「じゃあ、ナイフだ」

「どんなナイフ？　あなた、誰かにナイフをもらったの？」

「誰にももらってないよ」

「しかたのない子ね」お母さんが言った。「これじゃ、いつまでたっても埒《らち》があかないじゃないの。外から見たら、お母さんがあなたをいじめているみたいだわ。まあ、そう言っても、今は私たちだけだけど……。それに、私は優しく訊いてるのよ。お母さんが好きなら、隠しごとはしないはずよ。ねえ、あなた、銀貨をなくしたでしょう？　はっきりとは言えないけど、でも、そうだと思うわ。嘘を言ってもだめよ。ほら、鼻が動いているわ」

それを聞くと、にんじんは答えた。

「うん、銀貨だよ。それはぼくの銀貨だ。日曜日に名付け親のおじさんにもらったんだ。でも、なくしちゃって……。そりゃあ悔しかったけれど、でも、しかたがないかと思って……。それに、もう気にしないことにしたんだ。銀貨が一枚、増えたか減ったかなんてことはね」

「まあ、よくそんなことが言えるわね。それじゃあ、にんじん、お母さんに教えて。名付け親のおじさんはあなたを喜ばせようと、せっかく苦労して稼いだ銀貨をくれたというのに、あなたはその苦労をなんとも思ってないというわけ？　だったら、おじさんも怒るんじゃない？」

「でも、ママ、ぼくがそのお金を好きなことに使っちゃうことだってあるでしょう？　ぼくは一生、そのお金を大切にしまっておかなきゃいけないの？」

「いい加減にしなさい。お金はなくしちゃいけないし、許可なく使ってもいけないの。あなたは大切なお金をなくしたんだから、探すなり、代わりのものを見つけてくるなり、自分で稼ぐなり、なんとかしなさい。屁理屈《へりくつ》ばかりこねていないで、さあ、早く！」

「わかったよ、ママ」

「何よ、その言い方は？『わかったよ、ママ』なんて、おかしな言い方は許しません。それから、鼻歌を歌ったり、歯笛を吹いたり、お気楽な車引きのようなことはしないでちょうだい。ほかの人はともかく、お母さんは絶対に許しませんよ」

2

にんじんはしかたなく銀貨を探すために庭の小道を小股《こまた》で歩いていった。うーんと唸《うな》って、少し探しては、鼻を鳴らした。そして、お母さんが見ていると思った時には、その場にしゃがんで、スカンポの茂みに指を突っこんだり、地面の砂をすくったりした。そして、お母さんがいなくなったと思うと、探すのをやめた。それでも、申しわけに歩くことだけは続けた。ただし、上を向いて……。

まったく、あの銀貨はどこに行ってしまったんだろう？　カササギが見つけて、木の高いところにある自分の巣に隠してしまったのだろうか？

ああ、どこかに銀貨が落ちてないものか？　人は別に何かを探しているわけでもなく、ぼんやり歩いている時に金貨を見つけることがある。実際、そんな人を見たこともある。でも、さっきは地面を這《は》うようにして、膝《ひざ》をすりむき、指の爪《つめ》を真っ黒にしたのに、針一本見つからなかった。

銀貨を探すのにも庭をうろつくのにも疲れて、にんじんはもうどうしたらいいかわからなくなった。こうなったらお手あげだ。にんじんは家に帰って、お母さんの様子を窺《うかが》うことにした。お母さんはもう落ち着いているかもしれない。そしたら、まだ銀貨が見つかっていなくても、あきらめてくれるだろう。

ところが、家に帰ると、お母さんの姿が見えなかった。にんじんは恐るおそる、お母さんを呼んでみた。

「ママ！　どこにいるの？　ママ！」

けれども、返事はない。針仕事の途中でどこかに出かけたらしく、裁縫机の引き出しがあけっぱなしになっていた。にんじんは引き出しのなかを覗《のぞ》いてみた。そこには毛糸や編み棒、針、白糸や赤糸、黒糸のボビンに混じって、何枚かの銀貨があった。たぶん、使われないまま、もう長いこと、そこで眠っているのだろう。目を覚ますのは、たまに出し入れされる時だけで、その間は引き出しのなかをあっちへ行ったり、こっちへ行ったりして、おそらくはいつから引き出しにあるのかもわからなくなっている。

三枚、四枚、八枚……。数を数えるのも難しい。何枚あるかを確かめるには引き出しをひっくり返して、針山をどかさなければならない。最初に何枚あったとどうやったら証明できるだろう？

普段ならそんなことは考えもしないのだが、今は特別だ。にんじんは心を決めると、腕を伸ばし、銀貨を一枚盗んで、その場から逃げた。

そして、いったん部屋を離れたら、見つかるのが怖くて、悪いことをしたという後悔も、返しに行こうかという迷いも感じず、危険な裁縫机のところに戻ろうとは決して思わなかった。

そこで、家を飛びだすと、にんじんはともかくまっすぐ走っていった。あんまり気持ちが追いたてられていたので、途中で立ちどまることもできなかった。そのうちに、庭の小道の端まで来ると、にんじんは「銀貨をなくした」場所を選んだ。そうして、靴のかかとでその場所に銀貨を埋めこむと、四つん這いになり、草の先で鼻をくすぐられながら、いびつな円を描いて適当にあたりを這いまわった。それはまるで、目隠しをして宝物を見つけるゲームをしているようだった。と、その時、いつのまに来ていたのか、そもそもにんじんにこんなゲームの真似をさせたお母さんが――おそらく走ってきたせいだろう――自分のふくらはぎを叩《たた》きながら叫んだ。

「そこよ、そこ！　近いわ！　もうひと息よ！」

3

その言葉に、にんじんは隠した銀貨を見つけると、お母さんに言った。

「ママ、ママ、見つけたよ」

すると、お母さんも言った。

「私もよ」

「どうして？　だって、ほらここに」にんじんは銀貨を見せた。

「私もここに」

「あれ？　見せてよ」

「あなたのも見せなさい」

そう言われて、にんじんは自分の銀貨をお母さんに見せた。それから、お母さんの銀貨を受け取り、比べてみると、言葉を取りつくろって言った。

「おかしいな。ママはどこで見つけたの？　ぼくが見つけたのはこの小道だよ。この梨《なし》の木の下だ。見つけるまでにこのあたりを二十回も歩いたんだ。そしたら、銀貨がきらっと輝いてね。最初は紙きれか、白いすみれの花かと思っていた。だから、拾おうと思わなかったんだ。きっと、頭のおかしな人の真似《まね》をして、あのあたりの草むらをころげまわった時にポケットから落ちたんだね。ほら、ママ、ちょっと身をかがめてここを見てよ。銀貨のやつ、ここに隠れていたんだ。ぼくをさんざん困らせて、さぞかし得意だろうよ」

するとお母さんは言った。

「あなたの言ってることがちがうとは言わないけれど、私はこの銀貨をあなたの別のコートから見つけたのよ。もう何度も言ってるのに、あなたは洋服を着替える時にポケットの物を出さないでしょう？　だから、見つけたって、わざと言わないで、自分で探してもらおうと思ったの。あなたがきちんとできるようにするためにね。それにしても、一生懸命探せば見つかるものね。そのおかげで、あなたは今、二枚も銀貨を持ってるじゃない。一枚じゃなく……。大変なお金持ちね。終わりよければすべてよし、だわ。でも、言っておくけど、お金があっても幸せにはなれないわよ」

「じゃあ、もう遊びにいっていい？　ママ」にんじんは尋ねた。

「もちろんよ。楽しんでらっしゃい。でも、あまりつまらない遊びをするんじゃないわよ。さあ、この二枚の銀貨を持って……」

「ああ、ママ。一枚でいいよ。その一枚もママに預けておくよ。ぼくが必要になるまでね。ママ、そうしてくれる？」にんじんはあわてて言った。

「だめよ。たとえ親子でも、お金のことはきちんとしないとね。銀貨は二枚ともあなたのものです。名付け親のおじさんからもらったものと、梨の木の下であなたが見つけたものと……。こちらは持ち主が名乗りをあげなければだけど……。でも、誰が落としたのかしらね？　考えちゃうわ。にんじん、あなたはどう思う？　何か考えがある？」

「ないよ。それに、そんなことはどうでもいいよ。明日考えることにするよ。じゃあ、あとでね。ママ、ありがとう」

にんじんはその場を立ち去ろうとした。だが、お母さんに呼びとめられた。

「待ちなさい。もしかしたら、庭師が落としたのかも？」

「じゃあ、今から訊いてみようか？」

けれども、お母さんは首を横に振った。

「やっぱり、そうじゃないと思うわ。ちょっと、ここに来て、一緒に考えるのを手伝ってちょうだい。お父さんがうっかり、そんなところで落とすはずがないし……。もう大人ですからね。お姉ちゃんはすぐに貯金箱に入れちゃうから、外で落とすことはないわ。お兄ちゃんはお金を持ったら、あっというまに使っちゃうから、なくす暇はないわね。だとすると、あとは私だということになるわ」

それを聞くと、にんじんは必死になって言った。

「そんなことはないよ。だって、ママはいつもきちんと片づけているじゃないか」

すると、お母さんは言った。

「大人だって、うっかりすることはあるのよ。子供のようにね。ちょっと見てくるわ。なにしろ、これは私の問題ですからね。もうこの話はよしましょう。心配いらないわ。遊びにいってらっしゃい。でも、あまり遠くには行かないのよ。お母さんはちょっと裁縫机の引き出しを見てくるから……」

にんじんはすでに遊びにいこうと、駆けだしかけていたが、最後の言葉にお母さんのほうをふりかえった。それから、しばらく、お母さんの後ろ姿を目で追っていたが、急に決心して、あとを追いかけた。お母さんの前に立って、黙って頬を差し出す。と、お母さんが右手をあげて、ぶるぶると震わせながら言った。

「嘘つきだということは知っていたけど、まさかこれほどとは！　あなたは何重にも嘘をついたのよ。そのまま嘘を続けなさい。嘘つきは泥棒の始まりと言いますからね。いえ、あなたはもう泥棒をしたわ。その次はきっと母親を殺すでしょうよ」

そして、最初の平手打ちがやってきた。

自分の意見

にんじんはお父さんとお兄さん、それからお姉さんと四人で暖炉を囲んでいた。暖炉のなかでは切株がひとつ、根っこごと燃えていた。四人は椅《い》子《す》の前脚を支えにして、椅子ごと身体《からだ》を前後に揺らしながら、おしゃべりをしていた。お母さんはいない。にんじんは自分の意見を述べることにした。

「ぼくにとっては、家族って、あまり意味のないものなんだ。たとえば、パパ、ぼくはパパが大好きだけど、それはパパがぼくの父親だからじゃない。パパが友だちのようにぼくのことを思ってくれているからだ。その証拠に、パパは父親として、しかたなくぼくの面倒を見てくれているわけじゃない。パパはそんな義務を超えた特別な愛情をぼくに注いでくれているんだ」

「そうかね」お父さんが言った。

するると、「ぼくは？」「私は？」とお兄さんのフェリックスとお姉さんのエルネスティーヌが尋ねた。

「同じことだよ」にんじんは答えた。「お兄ちゃんとお姉ちゃんがぼくのお兄さんとお姉さんになったのは、ほんの偶然なんだから……。だから、そのことで、ぼくがお兄ちゃんとお姉ちゃんに感謝できると思う？　ぼくたち三人がルピックの姓を持つようになったのは誰かのせいじゃない。お兄ちゃんやお姉ちゃんにも、どうすることもできなかったことなんだ。だから、たまたま兄弟になったからという理由で、ぼくがふたりにありがとうなんて言う必要はない。そうじゃなくて、ぼくはただ、お兄ちゃんがぼくを守ってくれているから、お姉ちゃんがいろいろぼくの面倒を見てくれるから、だからふたりに感謝しているんだ」

「どういたしまして」お兄さんが言った。

「私にはわからないわ」お姉さんが口にした。「いったい、どこからそんな考えを見つけてきたの？」

「それに、ぼくは、今言ったことをどんな時にでも言ってみせるよ」にんじんは続けた。「誰か特定の人のことを頭に置いて言ってるわけじゃない。もしママがここにいたら、ママの目の前でも同じことを言うよ」

「きっと言わないと思うよ」お兄さんが言った。

「じゃあ、お兄ちゃんはぼくの話をわかってくれなかったんだね」にんじんは答えた。

「ぼくの考えをまちがって解釈しないでほしいな。ぼくは見かけより、ずっとお兄ちゃんたちのことを愛しているんだ。心からね。でも、その愛情は家族だから愛するっていう本能的なものでも、そうするのがあたりまえで、みんながそうしているからっていう習慣的なものでもない。ぼくの愛情はぼくがそうしたいと望んで、よく考えた末の——そうだな、論理的なものなんだ。そうだよ。ぼくはさっきからずっと〝論理的〟って言葉を探していたんだ」

と、そこでお父さんが口をはさんだ。

「おまえはいつになったら、自分でもよく意味のわかっていない言葉を使うのをやめるんだ。それは悪い癖だぞ」そう言いながら、お父さんは寝にいくために立ちあがった。「それに、まだ若いのに、自分が人より優れていると思う態度もやめたほうがいい。もしお父さんがそんなくだらんおしゃべりを自分のお父さん、つまり、おまえの亡《な》くなったおじいさんにしたとしたら、いったいどうなったと思う？　おじいさんは四分の一も聞かないうちに、お父さんを殴って、足蹴《あしげ》にしていたはずだぞ。お父さんがおじいさんの息子だとわからせるためにな」

「でも、みんなで時間を過ごすのに、おしゃべりをするのはいいことじゃない？」にんじんは心配な気持ちになって言った。

「いや、くだらんことを言うくらいなら、黙っていたほうがいい」

ろうそくを手に持って、お父さんは言った。そうして、寝室に向かっていった。お兄さんのフェリックスもそのあとに続いた。ふざけた調子で、にんじんに声をかける。

「黒サイ、白サイ、おやすみなさい」

と、お姉さんのエルネスティーヌも立ちあがって言った。

「おやすみ」

にんじんは中途半端《はんぱ》な気持ちでひとり取り残された。

そもそも、お父さんは昨日、にんじんにこう忠告したのだ。

「みんなというのは誰だ？　みんななんて存在しない。みんなというのは誰でもないんだ。おまえはいつも人から聞いた意見をそのまま話す。もっと自分で考えなさい。自分自身の頭で……。そうして、自分の意見を口にするんだ。最初はひとつでもかまわないから……」

だから、思いきって、生まれて初めて自分の意見を述べたのに、それは受け入れてもらえなかった。にんじんは暖炉の火に灰をかぶせると、椅子を壁ぎわに並べた。それから、大時計におやすみの挨拶《あいさつ》をすると、自分の部屋に戻った。地下室におりる階段があるので、〈地下室の部屋〉と呼ばれている部屋だ。そこは涼しくて夏でも気持ちがよく、狩りの獲物も一週間は楽に保存しておくことができた。この間仕留めてきた野うさぎも鼻を血まみれにしたまま、皿の上にのせてある。籠《かご》にはにわとりの餌《えさ》にする穀物の種がいっぱいに入っていて、にんじんはそのなかに腕を肘《ひじ》まで入れて、中身をかきまわすのが好きだった。

また、壁には家族の洋服が全部、洋服掛けに掛けてあって、にんじんはそれを見るのが怖かった。自殺をした人たちが靴をきちんと上の戸棚に並べたあとで、ぶらさがっているように見えるからだ。

でも、今夜はそれを見ても、怖くはなかった。おばけがひそんでいるんじゃないかとベッドの下も覗《のぞ》かなかったし、月の光が庭にさまざまな影をつくっているのを見ても、おびえたりはしなかった。身投げをしたくなった人がいつでも飛びこめるように、わざと窓の下に掘ったのではないかという井戸を見ても平気だった。

おそらく、怖くなると考えたら、怖くなっていただろう。でも、にんじんは怖くなるとは考えなかった。床の赤いタイルは冷たかったが、服を脱いでシャツ一枚になると、にんじんは踵《かかと》だけで歩くことも忘れて、ベッドに向かった。

そうしてベッドに入ると、湿気でところどころ膨れた漆喰の壁を見ながら、さっきお父さんやお兄さん、お姉さんに話した自分の意見の続きを考えた。そう、自分の意見だ。なにしろ、それは自分だけの心のうちにしまっておかなければいけない意見だからだ。

木の葉の嵐《あらし》

にんじんはもうずいぶん前から、大きなポプラの木のいちばん上にある葉を眺めては空想にふけっていた。

その葉っぱが自分から動き、枝を離れて、自由にひとりで生きていくことを想像するのだ。

その葉っぱは毎日、いちばん最初に朝日に染まり、いちばん最後に夕日に染まる。

にんじんは、今日はお昼からその葉っぱを眺めていた。けれども、葉っぱは死んだように動かず、葉っぱというよりは染《し》みのように見えた。それを眺めているうちに、にんじんはだんだん苛々《いらいら》してきた。と、ようやく葉っぱが動く気配を見せた。

見ると、すぐその下の葉っぱも動こうとしている。すると、ほかの葉っぱも動きだし、その動きを急いで近くの葉っぱに伝えていった。

それは警戒の合図だった。というのも、遠くの地平線に僧帽《カロツタ》のような形の黒い塊がわきおこっていたからだ。それを見て、ポプラの木はすでに全身を震わせていた――その様子は、どこかに移動して、自分のほうに向かってくる重たい空気から逃れようとしているみたいだった。

ポプラの木の不安はブナの木にもカシの木にも栗《くり》の木にも伝わり、庭じゅうの木々が身体《からだ》を揺すって、「黒い塊が空に向かって大きくなっていくぞ」「腕を広げていくぞ」と警告を発しあっていた。

木々はまず細い枝を激しく動かし、鳥たちを黙らせた。クロウタドリは、それまで〝生えんどう〟を投げつけるように喉《のど》から〝音符〟を投げとばして、気まぐれに音を鳴らしていたが、木々の警告にぴたりと鳴くのをやめた。さっきまで、色鮮やかな喉からグルックククーと断続的な鳴き声を洩《も》らしていたキジバトも、今は静かにしている。いつもならうるさいカササギも、その燕尾服《えんびふく》を着たような姿でじっとしている。

こうして鳥たちを黙らせると、木々は今度は敵をおどかすために、太い枝を揺すりはじめた。

その間も、黒い塊はゆっくりとこちらに向かってくる。塊は少しずつ天を覆《おお》い、青空を片隅に追いつめていく。やがて、青空は天にあいたいくつかの穴にすぎなくなり、その穴もふさがれると、急に空気の通りがわるくなった気がして、息苦しくなってくる。にんじんは空を覆う塊が自分の重さで崩れ、村に落ちてくるのではないかと思った。けれども、塊は教会の鐘楼すれすれのところで、それ以上、低く垂れこめるのをやめた。それはまるで、鐘楼の先端につつかれて破裂するのを恐れているかのようだった。

と、その時、突然、なんの前触れもなく、大気が震え、大地が恐怖に包まれた。すさまじい風が空に吹き荒れた。

その風に、木々は怒りと戸惑いをあらわにし、全身を激しく震わせた。それを見ると、にんじんは木々の枝にかけられた巣のなかで、たくさんの雛《ひな》たちが恐怖に目を丸くし、白いくちばしをかちかち鳴らしているところを想像した。激しい風に木々の梢《こずえ》は深々と頭をさげ、その次の瞬間には頭を起こしている。それとともに葉は枝ごと宙を舞い、おびえたように枝にしがみついて、離れないようにする。ほっそりしたアカシアの葉がため息をついた。表面がはがれたカバノキの葉はしきりに嘆いている。栗の葉はひゅーひゅーと音を立て、壁に這《は》うウマノスズクサは蔓《つる》を波打たせた。

その下では、ずんぐりしたリンゴの木が枝を揺すり、ぼとっ、ぼとっと果実を地面に落とした。

さらにその下では、スグリが赤い汁をしたたらせ、カシスはインクのような群青《ぐんじょう》の汁を流した。

もっと下では、キャベツがそのロバの耳のような葉を酔っ払ったように震わせ、怒ったタマネギたちが身をぶつけあって、ネギ坊主《ぼうず》の種をまきちらしていた。

いったい、どうしてこんなことになったのか？　何が起こったのだろう？　雷が鳴っているわけでもない。稲妻が走っているわけでもない。雹《ひょう》が降っているわけでもない。雨さえ落ちているわけでもない。それなのに、まだ昼だというのに、空は夜のように真っ黒になり、その不気味な静けさで人を不安にさせるのだ。にんじんは恐怖にとらわれた。

黒い塊は今や空いっぱいに広がって、太陽を隠している。

にんじんはその塊が雲でできていると知っていた。だから、しばらくすれば、少しずつすべるように空を動いていき、やがては消えてしまうはずだ。そうしたら、再び太陽が姿を見せるだろう。だが、塊が天を覆っている間は、頭に重くのしかかって、どうすることもできない。にんじんはその黒い塊に目をふさがれ、何も見えなくなってしまうのだ。

にんじんは指で耳をふさいだ。けれども、嵐は外から入ってきて、身体のなかで吹き荒れた。そして、街頭に舞う紙きれのように心を吹きとばそうとした。

嵐にもまれて、心はしわくちゃになり、小さくなって、地面をころがった。

にんじんは自分の心がただの紙つぶてになったような気がした。

反抗

I

にんじんが庭でぼんやりしていると、玄関の石段のところにお母さんが現われて言った。

「にんじん、いい子だから、水車小屋に行ってバターを一ポンド買ってきてちょうだい。走っていくのよ。あなたが帰ってきたら、昼食にするから……」

「嫌だよ、ママ」にんじんは答えた。

「どうして、そんな返事をするの。行きなさい。待っているんだから」

「嫌だよ、ママ。水車小屋には行かない」

すると、お母さんは怒りだした。

「なんですって！　どうして行かないの？　自分が何を言っているか、わかってるの？　誰があなたに頼んでいると思ってるの？　あなた、夢でも見ているの？」

「ちがうよ、ママ」

「なんてこと！　にんじん、もう我慢できません。すぐに水車小屋に行って、バターを一ポンド買ってきなさい！　これは命令です！　聞こえてる？」

「聞こえてるよ。でも、行かない」

すると、お母さんが戸惑ったような声を出した。

「どうしたというの？　私のほうが夢を見ているのかしら？　あなたが私の言うことをきかないなんて、これまでなかったのに……。そうでしょ？」

「そうだよ、ママ」にんじんは言った。

「あなたは母親の言うことをきかないのね」

「母親の言うことを……。そうだよ、ママ」

「本当にそうかしらね。いつまでそんなこと、言っていられるかしら。行くでしょ？」

「行かないよ。ママ」

「黙って行きなさい！」

「黙るけど、行かない」

「早く、このお皿を持って行きなさい！」

2

にんじんは返事をしなかった。そして、その場を動かなかった。

「まったく、革命じゃないの！」お母さんは両手を上にあげた。

実際、にんじんがお母さんに嫌だと言ったのは、これが初めてだった。しかも、遊んでいる途中で邪魔をされたわけでもない。お母さんに用事を言いつけられた時、にんじんは何もしないで地べたに座り、ぼんやりと下を向いていたのだ。目を閉じて……。そう、まるで何か大切なことのために、目をあけるのはとっておいているように……。そして、お母さんから声がかかると、いよいよとばかりに目を開き、頭をあげて、お母さんをまっすぐ見つめたのだ。お母さんは何がなんだかわからないという顔をして、助けを求めるようにみんなを呼んだ。

「エルネスティーヌ！　フェリックス！　ちょっと、お父さんを連れてきて！　アガトも……。これはできるだけ、たくさんの人に聞いてもらったほうがいいわ。とんでもないことが起こったのよ」

その声に、道を歩いていた人たちも二、三人、庭に入ってきた。

その間、にんじんは庭の真ん中で立ちつくしていた。お母さんが怒っているのに、平気でいられるのが不思議だった。でも、もっと不思議なのは、お母さんがお仕置きをするのを忘れていることだ。きっと、にんじんが言うことをきかなかったのがあまりにもショックで、どうしていいかわからなくなったのだろう。にんじんが真っ赤に燃えた鋭い視線で見つめると、お母さんはいつものように、おどすような仕草をすることもなかった。ただ、それでも、気持ちを抑えることはできなかったらしく、半分開いた口から怒りがしゅーしゅーと洩《も》れていた。

「皆さん、聞いてくださいな。私はさっきにんじんに、散歩がてら、水車小屋までお使いに行ってくれないかと、丁重に頼んだんです。そうしたら、にんじんがなんと答えたか……。ええ、なんと答えたか、にんじんに訊《き》いてみてください」

それを聞いただけで、みんなにはもうにんじんの答えたことがわかった。そのおかげで、にんじんはお母さんに言った言葉を繰り返す必要はなくなった。と、さっそくお姉さんのエルネスティーヌがそばにやってきて、優しくこう耳打ちしてくれた。

「気をつけたほうがいいわ。ひどい目にあっちゃうから……」ここはママの言いつけに従うの。いい子だから、お姉さんの言うことをきいて……」

お兄さんのフェリックスはまるでお芝居を見るように、夢中になってこの光景を見ていた。この席は絶対に明けわたさないとでもいうように……。ただ、にんじんがお使いに行かなかったら、その役目が当然のこととして、自分にまわってくるとは思ってもいないようだった。いや、そんなことより、お兄さんはむしろにんじんを応援していた。実はお兄さんは昨日、にんじんを馬鹿《ばか》にして、「臆病者《おくびようもの》！」と言っていた。でも、今日はこの出来事で、にんじんを見直して、自分と対等の人間とみなしていた。お兄さんは嬉《うれ》しくて、跳ねまわりたくなる気分だった。

「こうなったら、もうこの世界もおしまいだわ」お母さんが愕然《がくぜん》としたように言った。「もう私はこの子から手を引くわ。関わりあいにならないことにします。誰か別の人がこの子の面倒を見てちょうだい。この小さな獣《けだもの》が言うことをきくように……。それはお父さんの役目よ。あとは父親と息子でうまくやってくれればいいわ。ふたりで向かいあって……」

それを聞くと、にんじんはかすれた声でお父さんに言った。声がかすれたのは、いつになく興奮したからだ。

「パパ。もし、パパが行けというなら、バターを一ポンド、水車小屋に買いに行ってもいいよ。パパのためなら行くよ。パパのためにだけならね。でも、ママのために行くのは嫌だ」

だが、そうやって息子に特別に愛情を示されても、お父さんは嬉しそうな顔をしなかった。それよりは、むしろ困ったようにしていた。まわりの人々は、「それじゃあ、ここはひとつ父親としての権威を見せたらどうだね?」と口ぐちに言っていたが、お父さんにしてみれば、たかだかバター一ポンドくらいのことで、父親の権威を見せるのは気が進まなかったのだろう。

にんじんのいる中庭の草むらのほうに数歩、歩きかけると、お父さんは突然、肩をすくめ、踵《きびす》を返して、家のなかに戻ってしまった。

そこで、この問題は、そのままお預けになった。

最後の言葉

それから、お母さんは気分が悪いと言って寝ついてしまい、夕食に姿を見せなかった。夕食はいつにもまして、誰もが黙りこくって、気づまりな雰囲気で過ぎた。そして、デザートがすむと、お父さんがナプキンをテーブルの上に置いて言った。

「誰か私と旧道のいちばん上まで散歩しないか？」

それを聞いて、にんじんはお父さんが自分を誘うのに、こんな言い方をしているのだと思った。そこで、椅子《いす》から立ちあがると、いつものようにその椅子を壁ぎわに運び、お父さんのあとについていった。

最初、ふたりは黙って歩いた。お父さんが誘ったのは、もちろん昼間の話をするためだろうが、お父さんはなかなか話を切りださなかった。にんじんは頭のなかで、お父さんが何を言うか予想して、それに答える練習をした。言いたいことはすべて言うつもりだった。気持ちが高ぶっているせいもあって、後悔する気持ちもなかった。にんじんは今日の午後、これ以上はないという興奮状態で過ごしたのだ。そして、お父さんがとうとう決心をしたというように話しはじめた時、その口調に安心した。

「いったい、どうして黙ってるんだ」お父さんは言った。「今日の午後、おまえはお母さんを悲しませた。どうしてそんなことをしたか、私に説明があるんだろう？」

「うん、パパ」にんじんは答えた。「ぼくはこれまでずいぶん考えて、迷っていたんだ。でも、もう終わりにしなくっちゃ。本当のことを言うよ。ぼくはママが嫌いなんだ」

「そうか。でも、何が原因なんだ？　いつからそうなったんだ？」

「原因はすべてのことだよ。生まれてからずっとね」

「もし、そうなら、それはとってもかわいそうなことだ。お母さんがおまえに何をしたのか、具体的に話してごらん」

「そんなことをしたら長くなるよ」にんじんは言った。それから、尋ねた。「だいいち、パパはなんにも気づいてないの?」

「気づいているさ。おまえがふてくされているのは、よく見るからな」

その言葉に、にんじんは抗議の声をあげた。

「ぼくはふてくされているって言われるのが嫌いなんだ。みんなはよくこう言う。『にんじんは別に大切なことで怒ってるわけじゃないんだ。ただ、ふてくされているだけだ。そういう性格なんだよ。このまま放っておけばいい。しばらくして、気分が落ち着いたら、けろりと元に戻るだろう。そう、だから、絶対にかまうんじゃない。別にたいしたことではないんだから……』でもね、パパ。パパやママ、それからほかの人たちにとってはたいしたことではなくても、ぼくにとってはそうじゃないんだ。確かにぼくは時々、ふてくされることがあるよ。見た目ではね。でも、それは見た目だけで、心のなかは怒りで煮えくりかえっていることだってあるんだ。だって、ぼくは絶対に受けた侮辱を忘れないんだから……」

「いや、忘れなくては」お父さんが言った。「ほんの少し、お母さんに意地悪をされたことくらい、忘れなくては……」

「無理だよ、パパ。忘れられないよ。パパはなんにも知らないんだ。家にはほとんどいないからね」

「しかたがないだろう。仕事で旅行に出かけなくてはならないんだから……」

それを聞くと、にんじんは「やっぱりね」という顔をして言った。

「ああ、パパ、仕事は仕事だよ。家のこととは関係ない。この際だから言っておくけど、パパが仕事に夢中になってる間、ママはぼくだけしか憂《う》さを晴らす相手がいなくなっちゃうんだ。いや、パパを責めてるわけじゃないんだ。本当はぼくがもっと前にパパに話していればよかったんだ。そしたら、パパはぼくを守ってくれたろうからね。そうしなかったのは、ぼくがいけなかったんだ。でも、今日は……。パパが何があったのか具体的に話せって言うんだから、ぼくはそうするよ。これまでのことを少しずつ、覚えていることを全部ね。そうしたら、ぼくが大げさに言っているのかどうかわかるよ。でも、その前にひとつ、教えてほしいことがあるんだ。ぼくはママと離れて暮らしたいんだけど、そのことについてどう思う？　方法としてはそれがいちばん簡単だと思うんだけど……」

お父さんは答えた。

「だって、おまえがお母さんと暮らすのは、一年に二度。夏と冬の休暇の時だけじゃないか」

「だから、休暇も寮で過ごせるようにしてほしいんだ。そうしたら、勉強もできるようになるよ」

「だが、それが認められているのは貧しい家の子供だけだろう？　世間は私がおまえを捨てたと思うかもしれん。それに、自分のことだけ考えるもんじゃない。おまえと会えなくなったら、お父さんだって寂しいぞ」

「だったら、ぼくに会いに来てよ」

「そのためにわざわざ寮まで行くんじゃ、高くつくな」

「仕事の旅行を利用したら？　そしたら、ちょっと寄り道をすればいいだけだから」

「だめだ。私はこれまでおまえをお兄さんやお姉さんと同じように扱ってきた。誰に対しても特別扱いしないように気をつけてな。これからもそうするよ」

「じゃあ、ぼくは学校をやめるよ。寮から出してくれない？　お金がかかりすぎるとか理由をつけて……。そしたら、何かの職に就くから」

それを聞くと、お父さんは怒ったように言った。

「職って、どんな職だ？　私がおまえを靴屋に奉公に出すとでも思っているのか？」

「靴屋でもなんでもいいよ。ぼくは自分で生活費を稼いで、自由に生きられる」

「今さら、遅い。悪いが、にんじん。私はおまえの教育にこれまでずいぶん金をかけてきたんだ。今さら、靴屋の見習いにさせて、靴の底に鋲《びょう》を打たせるようなことができると思っているのか？」

「でも、パパ。ぼくは自殺をしようとしたこともあるんだよ」にんじんは言った。

「にんじん！　大げさなことを言うもんじゃない！」

「大げさじゃないよ。今朝だって、首を吊《つ》ろうと思ったんだから」

「そうか。でも、今は首を吊るつもりはなくなったんだろう？　で、結局、やらなかった自殺を引き合いに出して、得意そうに胸を張っているというわけだ。死にたいと思ったことがあるのはおまえだけじゃない。にんじん、おまえにはそれがわかっているのか？　そんな自分勝手なことばかり言っていると、今にひどい目にあうぞ。おまえは自分さえよければそれでいいと思っている。この世界は自分のためのものだと思っているんだ」

　その言葉に、にんじんは落ち着いて言った。

「パパ。お兄ちゃんは幸せだ。お姉ちゃんも幸せだよ。パパはさっき、ママがぼくに意地悪をしているって言ったけど、パパの言うとおり、ママだってぼくに意地悪をしているから幸せだ。ぼくの言ってることが嘘《うそ》なら、猫に舌をやったっていい。それから、パパは一家の主《あるじ》として、家を支配し、みんなから怖がられている。ママにさえね。だから、ママもパパの幸せを邪魔するようなことはできない。つまり、世の中には幸せな人々もいるということだ」

「おまえがその融通のきかん頭で考える世の中にはな。屁理屈《へりくつ》をこねるのはよせ。おまえだって、心の底ではわかっているんだろう？　自分が何を言っているか……」

「ぼくが何を言っているかはね。うん、わかっているつもりだよ」

すると、お父さんはため息をついた。

「じゃあ、にんじん。おまえは幸せになるのをあきらめるんだな。今から警告しておくぞ。そんなことを言っていたら、おまえは今より幸せにはなれない。絶対、絶対にな」

「ぼくもそう思うよ」にんじんは答えた。

「我慢して強くなれ！　成人して、自分の思いどおりにできるようになるまで……。自由になって、私たちを否定し、自分の家族を作るようになるまで……。それが嫌だったら、性格を変えるんだ。すぐに傷つかずに、辛《つら》いことを乗り越え、ほかの人のしていることを観察しろ。とりわけ、身近で生活している人たちを……。そうしたら、もっと楽しく生きられるようになるぞ。人生には心慰むことがたくさんあると知って、びっくりするはずだ」

「そうかもしれない。ほかの人たちもみんな大変だってこともわかっている。明日になったら、ぼくはその苦労に同情するよ。でも、今日はだめだ。今日は自分のことで精いっぱいなんだ。ぼくの運命より好ましくない運命なんてあるものか！　ぼくには母親がいる。その母親はぼくが嫌いで、ぼくも母親が嫌いなんだ。ママが……」

すると、突然、お父さんが我慢できなくなったように言った。

「じゃあ、私はどうなんだ？　私があの女のことを好きだと思っているのか？」

その言葉に、にんじんは顔をあげて、お父さんを見つめた。お父さんは額に皺《しわ》を寄せ、厳しい表情をしていた。にんじんは目尻《めじり》の皺と垂れさがった瞼《まぶた》のせいで、眠りながら歩いているように見える。厚い顎《あご》ひげに隠れて、口は見えない。それはまるで、今、言葉にしたことを恥じて、ひげのなかにひっこんでしまったかのようだ。

にんじんは何も言わず、お父さんと手をつないだ。そうして、心のなかに生まれた、このひそかな喜びが飛んでいってしまわないように、お父さんの手をぎゅっと握りしめた。お父さんが手を放さないように……。

それから、空いている手で拳《こぶし》を握ると、暗闇《くらやみ》に眠る村のほうに向かって振りあげ、大声で叫んだ。

「ひどい女め！　おまえみたいなひどい女はいないぞ！　おまえなんて大嫌いだ！」

と、お父さんが言った。

「言うな！　あれでもおまえのお母さんなのだから」

「ああ」にんじんは用心して、短く答えた。「別にママのことを言ったんじゃないよ」

にんじんのアルバム

I

もし誰かよその家の人がルピック家のアルバムを見たら、きっと驚くにちがいない。お姉さんのエルネスティーヌとお兄さんのフェリックスはいろいろな姿で写っている。クリスマスやお誕生日、家族のお出かけなどさまざまな機会に、立ったり、座ったり、よそゆきの服や普段着を着て、楽しそうに笑ったり、しかめっ面《つら》をしたりして。でも、

「にんじんは？」

その人はお母さんに訊《き》くだろう。すると、

「小さい頃の写真はたくさんあったんですけど

ね」お母さんは答えるはずだ。「だけど、あんまりかわいく写っているもんだから、みんなが欲しがるんですよ。だから、一枚も残っていないんですよ」

本当はそうではない。にんじんの写真は一枚も撮られたことがないのだ。

2

にんじんはにんじんという名前だ。本名は家族でさえ、とっさに思い出せないことがある。

「どうして、にんじんって呼ぶんですか?」誰かがお母さんに尋ねる。「髪が赤いからですか?」

すると、お母さんは答える。

「赤く濁っているからよ。髪だけじゃなくて、心根までがね」

3

髪の毛以外のにんじんの特徴。

にんじんはあまり人を惹《ひ》きつける容姿をしていない。

鼻はこんもりしたモグラ塚に穴をあけたように見える。

耳はいくら掃除をしてやっても、パンくずのような耳垢《みみあか》で汚れている。

雪の塊を舐《な》めて、舌で溶かす。

くるぶしをくっつけて、おかしな歩き方をする。そのせいで、足が悪いのかと思われることがある。

首には垢がたまって、青っぽい首輪をしているように見える。

それから、にんじんは変なにおいがする——麝香《じゃこう》のようないい匂《にお》いはしないのだ。

4

にんじんは朝早く、家政婦と同じくらいの時間に起きる。冬などは太陽が昇る前にベッドから飛びだし、指の先で懐中時計の時間を確かめる。

そうして、コーヒーやココアの支度をすると、台所にあったもので、立ったまま朝食をすませる。

5

誰かに紹介されると、にんじんはそっぽを向き、そのまま手を差しだす。それから、その場にしゃがみこんで、近くの壁などをひっかいたりする。

そうして、その誰かが、

「にんじん、キスはしてくれないの？」

と訊くと、ぶっきらぼうにこう答える。

「ぼくはいいよ」

6

お母さんが言う。

「人から話しかけられたら、ちゃんと返事をなさい」

そこで、にんじんは答える。

「ふぁい、ワワ」

すると、お母さんは怒りだす。

「もう、何度言ったらわかるの。口に食べ物を入れたまま話しちゃいけないって！」

7

お母さんにどれだけ言われても、にんじんはポケットに手を入れる癖を直すことができない。ついポケットに手を入れて、お母さんの姿を見ると、あわてて外に出すのだ。けれども、ある時、手を出すのが遅すぎた。お母さんは、にんじんに手を入れさせたまま、ポケットを縫いつけてしまった。

8

いつだったか、名付け親のおじさんが言った。

「正直に話したら罰を受けるとわかっていても、嘘《うそ》をついちゃいけない。そいつは悪い癖だ。だいたい、あとでわかってしまうんだから、つくだけ無駄だろう？」

「でも、時間を稼ぐことはできるよ」にんじんは答えた。

9

お兄さんのフェリックスは怠け者だ。そのお兄さんがようやく勉強を終えて、伸びをしながら、ほっとしたようにため息をついた。

すると、お父さんが言った。

「フェリックス、おまえは何が好きなんだ？　おまえもそろそろ将来のことを決める年齢だ。学校を出たら、何をするつもりなんだ？」

「えっ？　学校が終わっても、まだ何かすることがあるの？」お兄さんは答えた。

10

みんなで女の子の話をしていた時のこと、マドモアゼル・ベルトの名前が出たので、にんじんは言った。

「あの子は青い目をしているから……」

すると、みんなはたちまち冷やかしの声をあげた。

「詩人だ、詩人だ。女たらしの詩人だ」

そこで、にんじんはあわてて言った。

「いや、ほんとに目を見たわけじゃないよ。ただ、なんとなく言っただけだよ。女の子のことを言う時の決まり文句っていうか、言葉のあやみたいなもんだよ」

11

雪合戦をする時、にんじんはひとりで残りの全員と戦う。にんじんの恐ろしさは遠くまで知れわたっている。というのも、にんじんは雪玉のなかに石を入れるからだ。

そうして、敵の頭を狙《ねら》う。それがいちばん簡単だからだ。

池が凍ってみんなが滑りはじめると、にんじんは池の近くの草はらに小さな池を自分で作って遊ぶ。

馬跳びをする時は、にんじんはずっと馬でいたいと思っている。

陣取り遊びをする時は、進んで捕虜になる。捕まっていないと不安になるからだ。

それから、にんじんはかくれんぼが得意だ。あんまり上手に隠れるので、忘れられてしまうことがあるくらいだ。

12

にんじんはお兄さんやお姉さんと背くらべをすることがある。お兄さんはほかのふたりより頭ひとつ分、高いので、比べるまでもない。でも、お姉さんは女の子なのに、にんじんといい勝負なので、実際に並んでみることになる。そんな時、お姉さんは爪《つま》先立《さきだ》って、少し高く見せようとする。いっぽう、にんじんはみんなの期待を裏切るのが嫌で、インチキをする。軽く身をかがめて、お姉さんより少し低く見せるのだ。お姉さんがつけたがっている差をもうほんの少し広げるつもりで……。

13

にんじんはよく家政婦のアガトにこう忠告をする。

「ママとうまくやっていきたかったら、ぼくの悪口を言えばいいよ」

でも、実は必ずしもそうとはかぎらない。お母さんはほかの人がにんじんを責めるのは嫌いだからだ。

たとえば、にんじんが隣のおばさんに怒られていると、お母さんはすぐに飛んできて、「うちの子が何をしたというんです！」と言って、にんじんを援護してくれる。

そうして、おばさんが行ってしまうと、嬉《うれ》しくてにこにこしているにんじんに向かって、こう言うのだ。

「さあ、にんじん、言いわけを聞きましょうか。今はふたりだけですからね」

14

「甘えるって、どういうこと？」

ある時、にんじんは母親に甘やかされていることで有名なピエールという男の子に尋ねた。

そして、甘えるというのがどんなことなのか、だいたいわかると叫んだ。

「だったら、ぼくはお皿につけたばかりのフライドポテトを手でつまみ食いしたいって言うな。それから、桃は種のあるほうの半分を食べたいって……」

それから、少し考えて言った。

「もしお母さんがぼくがかわいくて食べてしまいたいって言うなら、きっと鼻に噛《か》みつくところから始めるだろうな」

15

お兄さんのフェリックスとお姉さんのエルネスティーヌは、玩具《おもちゃ》に飽きると、にんじんに貸してくれることがある。いっぽうにんじんは、そうやってほんのちょっぴりお兄さんやお姉さんの幸せを分けてもらって、ささやかな幸せを満喫する。

けれども、夢中になって遊んでいると「返してくれ」と言われるのではないかと思って、あまり楽しそうな顔は見せないようにしている。

16

ある時、にんじんはマチルドに訊いた。

「ねえ、ぼくの耳は長すぎると思わない？」

「おかしな形をしているのは確かね。パイを焼くための型みたい。ねえ、私に耳を貸してくれない。泥を入れて、パイ焼きごっこをするから……」

「それなら、ほんとに焼けるよ。ママが耳をひっぱって熱くしてくれるからね」

17

「もう言いわけはやめなさい！　それじゃあ、あなたはお母さんよりお父さんのほうが好きなのね」ことあるごとに、お母さんは言う。

そのたびに、にんじんは心のなかで答える。

〈やめてるよ。それに、そんなことはひとつも言ってない。パパとママのどっちが好きだなんてことはないんだから……〉

18 お母さんが言う。

「にんじん、何をしてるの？」

「知らないよ、ママ」

「ということは、馬鹿《ばか》なことをしてるのね。あなた、いつでも、わざとそんなことをしているんでしょう？」

「ああ、もう最悪の展開になっちゃったよ」

19 お母さんが自分に笑いかけたのを見て、にんじんは嬉しくなって、笑いかえした。けれども、お母さんは思い出し笑いをしただけらしく、にんじんに気づくと、すぐに冷たい表情に戻った。にんじんはいたたまれなくなって、どうしたらいいかわからなくなった。

20

お母さんは言う。

「にんじん、笑う時は馬鹿笑いしないで、もっと静かに笑いなさい」

こうも言う。

「どうして泣くの？　泣く理由なんてないでしょ？」

それから、こうも言う。

「まったく、どうしたらいいって言うんでしょう？　この子ったら、お仕置きをしたって、涙ひとつ流さないんだから……」

21

お母さんはこうも言う。

「空気が汚れていたり、道に糞《ふん》が落ちていたら、それはあの子のせいよ」

それから、こうも……。

「あの子は頭には考えがあるかもしれないけれど、お尻《しり》にはないと思うわ」

そして、こうも……。

「あの子はいつでも注目されたいの。自分に関心を示させるためなら、自殺だってするわ」

22

実際、にんじんは水を張ったバケツに顔を突っこんで、自殺をしようとしたことがある。その時は鼻と口を水につけて、〝英雄的な我慢〟を続けていたのだが、そこに突然、平手打ちが飛んできて、バケツは足の上にひっくり返った。そのせいで、にんじんはまた生きることになってしまった。

23

お母さんはにんじんのことをこう言う。

「あの子は私に似ているのよ。悪意なんかひとつもなくて、意地悪だってできない。要するに馬鹿なのよ。あんなに鈍かったら、世の中をうまく渡っていくこともできないわ」

24

そうかと思うと、こうも言う。

「何か悪いことさえ起こらなければ、あの子は将来、出世するわ」

にんじんは、よく夢想することがある。

〈もしいつか、お兄ちゃんみたいに新年のプレゼントに木馬がもらえたら、ぼくはそれに乗って、どこか遠くに行ってしまうんだけどな〉

25

外に出ると、自分は何があっても気にしないと、自分に言いきかせるために、にんじんは口笛を吹く。でも、お母さんがあとからついてきたことに気づくと、あわてて口笛をやめる。外から見ていると、それはまるで《お母さんが笛を壊してしまった》かのように見える。口のなかで〝安物の笛〟を嚙みくだいてしまったかのように……。そう思うと痛々しい。

ただ、しゃっくりが出ている時は、お母さんを見ただけで止まってくれることがある。それだけは認めなければならない。

26

にんじんはお父さんとお母さんの橋渡しの役をすることがある。お父さんが言う。

「にんじん、このシャツのボタンが取れてしまったのだが……」

にんじんはそのシャツを持って、お母さんのところに行く。すると、お母さんが答える。

「どうして、あなたの指図に従わなければならないの?」

でも、そう言いながら、お母さんは針箱を出して、ボタンを縫いつけはじめる。

27

ある時、お母さんが叫んだ。

「もしお父さんがいなかったら、あなたはとっくにそのナイフで私の胸を刺して、その辺にころがしていたでしょう」

28

「にんじん、洟《はな》をかみなさい」お母さんはひっきりなしにそう言う。

そのたびに、にんじんはハンカチを出して、へりのほうで洟をかむ。まちがって、ちがうところでかんだ時は、もう一度へりでかみなおす。

さて、にんじんが風邪を引くと、お母さんは身体《からだ》じゅうにろうそくの獣脂を塗ってくれる。それを見たお兄さんとお姉さんがうらやましがるほどだ。でも、お母さんはそのあとでにんじんにだけわざとこう言うのだ。

「これはいいことなのよ。こうすると、脳のなかにあるお水が出てくるんだから……。それが鼻水なの」

29

その日はお父さんに朝からずっとからかわれて、にんじんはさすがに我慢できなくなって言った。

「もういい加減にしてよ。このくそったれ！」

すると、とたんにまわりの空気が凍りついたのがわかった。目のなかに熱い涙がじわりと浮かんでくる。

にんじんは口ごもり、お父さんが手をあげたら、巣穴に飛びこむ動物のように、すぐ逃げる準備をした。でも、お父さんはにんじんを長いこと、長いこと見つめただけで、手をあげなかった。

30

まもなく結婚式を迎えるというある日、お姉さんのエルネスティーヌが婚約者と一緒に散歩をしたいと言った。お母さんはそれを許すと、にんじんにお目付け役を命じて言った。

「前をお行き。できるだけ、遊んでいるふりをしてね」

にんじんは先に行くと、遊んでいるふりをして、狩りをしている時の犬のように同じ道を何度も走って行ったり来たりした。けれども、そのうちにうっかりお姉さんたちに近づきすぎて、心ならずもお姉さんが婚約者とひそかにキスを交わす音を聞いてしまった。

にんじんは咳払《せきばら》いをした。

それから、急に腹が立った。そして、村の教会の前まで来たところで、帽子を地面に投げつけ、足で踏みにじると、叫んだ。

「ああ、もう誰もぼくのことを愛してくれないよ！」

と、その瞬間、にんじんの声をしっかり聞きつけて、塀の陰からお母さんが姿を現わした。お母さんは唇に恐ろしい笑みを浮かべて、にんじんを見つめた。

にんじんはあわててつけ加えた。

「いや、もちろん、ママは別だけど……」

訳者あとがき

本書は十九世紀に活躍したフランスの作家、ジュール・ルナールの名作、『にんじん』の全訳である。

最初に訳者がこの作品をどう理解したかについてお話ししたい。翻訳者は結局のところ、自分の理解したものを伝えることしかできないからである。したがって、どう翻訳するかはどう理解したかによって変わってくる。これは翻訳にかぎらず、音楽にしろ演劇にしろ、演奏者、あるいは演者がその作品をどう理解したか、間に〈解釈〉が入るものは皆、同じである。ということで、まずは訳者の〈解釈〉を明らかにする。

母親による精神的虐待の物語

訳者は子どもの頃、この作品を読んだことはなかったのだが、今回、翻訳をするために読みはじめて、最初に抱いたのは、「にんじんはかわいそうだ」という率直な感想だった。いや、だって、かわいそうではないか！　にんじんはまだ小さくて、お母さんに愛されたくてしかたがないのに、そのお母さんにこっぴどくいじめられてしまうのである。実際、『にんじん』は、母親がにんじんを精神的に虐待《ぎゃくたい》するエピソードで満たされている。直接、お母さんがにんじんをいじめているエピソードだけ拾いだしてみても、全体の三分の一はあるのではないだろうか？

これから先は、作品の内容に触れるので、読む前に内容を知るのが嫌な方は、あとから読んでほしいが、特に最初のほう——にんじんがまだ幼い頃のエピソードは、虐待につぐ虐待の連続である。小さな子どもに、夜、戸締りや屋外の見回りをさせにいく（「にわとり小屋」「犬」）。メロンやチーズは嫌いだと決めつけて、おいしい物を食べさせない（「うさぎ小屋」）。なかでもひどいのは、わざとおしっこが我慢できないような状況をつくっておいて、にんじんがやむを得ずおしっこをすると、偽《にせ》の証拠をつくってにんじんのせいにしたり、にんじんがおねしょをすると、それをスープに混ぜて飲ませ、兄や姉にからかわせる（「尿瓶《しびん》」「人には言えないこと」）。また、にんじんが大きくなってからも、わざとにんじんに銀貨を盗ませ、それを責めるという、まことに性質《たち》の悪い虐待を行なっている（「銀貨」）。こういったエピソードを読むたびに、訳者は胸が締めつけられるような思いをした。自分の知っている子どもがこんな目に遭っているのを想像してみるがよい。とうてい平静な気持ちではいられないはずである。だが、にんじんのお母さんはどうして息子に対して、こんなひどいことができるのだろうか？　実の母親が子どもに対して、こんな虐待をすることができるのだろうか？

その問いに対する答えは、〈モラル・ハラスメント〉という言葉にあると思われる。訳者は以前、『モラル・ハラスメント――人を傷つけずにはいられない』（マリー＝フランス・イルゴイエンヌ　紀伊國屋書店）という本を訳したことがあるが、にんじんのお母さんの行動はこの〈モラル・ハラスメント〉の特徴にかなりのところ合致するのである。そこで、モラル・ハラスメントの特徴について簡単に述べると、

・自分に自信がないので、標的にした人間を貶《おとし》めることを目的とし、そのためなら、すべてを利用する。相手にわざと悪いことをさせることもいとわない

・相手を支配し、繰り返し同じことを言ってきかせる形で、相手の思考を操り、自分はだめな人間だと思わせる

・まわりの人間を自分の味方につけて、いじめに加担させる

などが挙げられるのだが、『にんじん』のなかで、お母さんはしょっちゅうこういったことをしていないだろうか？　たとえば、わざと尿瓶を与えず、暖炉におしっこをさせて、それをあとから非難するというのは、典型的なモラル・ハラスメントの手

口である（しかも、あとから尿瓶を持ってきて、「尿瓶はここにあったのに」と証拠を捏造《ねつぞう》するから、始末に悪い）。にんじんが銀貨を一枚、調達しなければならない状況をつくって、テーブルの引き出しからわざと銀貨を盗ませるのもそう。「鍋《なべ》」ではにんじんがお母さんの意図を汲《く》んで、鍋を鉤《かぎ》からはずし、家政婦が辞めるきっかけをつくって、それについて良心の呵責《かしゃく》を覚えるが、これもお母さんがにんじんを誘導した可能性が考えられる。

「相手を支配し、相手の思考を操る」ということで言えば、にんじんを絶えず、だめな子ども扱いにしているし、「おまえは残酷な子だ」と言って、にんじん自身にそれを信じこませてしまう。たとえば、「ヤマウズラ」では、「獲物を絞める」といういちばん嫌な役割を小さな子にさせ、にんじんが嫌がると、「心のなかでは、喜んでいるくせに」と言い、にんじんがうまく絞めることができず、靴の先に叩《たた》きつけるようにして殺すと、「かわいそうに……。私がヤマウズラだったらと思うとぞっとするわ。こんな残忍な子供の手にかかるなんて……」と言うのである。

「まわりを味方につけて、いじめに加担させる」ということについては、先に例に挙げたおねしょのことがそうだし、「ヤマウズラ」でも、お兄さんやお姉さんに「残酷だ」と非難させるだけではなく、お父さんからも「にんじんの残酷さに呆《あき》れたような反応」を引き出している。これについて、小説には「にんじんは一家の誰からも、残酷な性格だと思われている」と書いてあるが、それは決して「にんじんが残酷な性格だ」ということを意味しない。一家のなかで隠然とした支配力を持つお母さんの巧みなリードのせいで、このエピソードの以前に、「にんじんは残酷だ」という偏見が、すでに家族のなかにつくられていたのである。「ヤマウズラ」でにんじんを残忍な子どもに見せたお母さんの手腕からすれば、それくらいのことは朝飯前だったろう。

にんじんは、一家の誰からもいじめられているわけではない。いじめているのはお母さんで、あとはそれに同調しなければいけないような雰囲気がつくられているだけなのだ。その証拠に、お母さんがいないところでは、お兄さんも、お姉さんも、そしてもちろん、お父さんも決して意地悪ではない。お兄さんは多少、にんじんに対してひどいことをすることはあるが、それは普通のお兄さんが普通の弟に対して、兄貴風を吹かせるレベルである。たとえば、「ウマゴヤシ」で、にんじんはお兄さんにかつがれて、ウマゴヤシの葉を食べさせられるが、にんじんはこのお兄さんと過ごす時間を決して嫌がってはいない。むしろ、楽しそうなのである。お姉さんも普段は優しい。にんじんの髪をとかしてポマードで寝かしたり、爪《つめ》を切ってやったり、にんじんが夜の見回りにいく時にはろうそくを持って、廊下の端までついてきてくれたりもする。

お父さんも、息子の成長を愛情を持って見守る、お父さんらしいお父さんである。お父さんは、お兄さんやにんじんの相手をしてくれ、一緒に水浴に行ったり、面白い話を聞かせてくれたり、にんじんとふたりきりで猟にも行く。また、手紙のやりとりもする。ただし、それはお母さんがいないところでである。「パンくず」では、にんじんはお父さんとお兄さんとじゃれあって、へとへとになるまで笑いころげるが、お姉さんが食事の時間だと告げにくると、その熱はいっぺんに冷めてしまう。食事の間は、楽しく笑ってなどいられないからだ。それはお母さんがいるせいである。

ところで、少し前の話に戻るが、にんじんは残酷なのだろうか？　この小説にはにんじんが残酷であるように見えるエピソードが五つある。狩りの獲物のヤマウズラを絞める話、家政婦のオノリーヌに失敗をさせて、オノリーヌを辞めさせるきっかけをつくる話。校長先生に告げ口をして、ヴィオロン先生を辞めさせる話（「赤いほっぺ」）。そうして、残忍なやり方で、モグラや猫を殺す話である（「モグラ」「猫」）。だが、ヤマウズラの話は、いくらひどい絞め方をしたとしても、それは殺すのが楽しいからではなく、そんなことをするのは嫌なのに、なかなか死んでくれないので、靴の先に叩きつけただけである。家政婦のことは、お母さんの意図を先取りしてやったものだし（しかも、あとで後悔している）、ヴィオロン先生の件は、赤い頰のマルソーを先生が特別にかわいがるので嫉妬《しっと》したためだ。その証拠に、にんじんはガラスを破って、怪我《けが》した手で頰を赤く染めて、自分だって赤い頰になれると叫ぶ。母親の愛情に飢えているにんじんは、それほど誰かにかわいがってもらいたかったのだ。この場面は切ない。

では、モグラと猫を殺したことについてはどうだろう？　これはもちろん、虐待された子どもが自分より弱いものに当たるという「暴力の連鎖」が起きているのにすぎない。だいたい、モグラについても猫についても、にんじんは殺す行為を楽しんでいるように見えない。衝動的にモグラを殺そうとしたものの、モグラがなかなか死なないので（実は死んでいると思うのだが）、辛《つら》い気持ちで何度も宙に放り投げて、落とすのである。ならば、そんなに辛い思いまでして、にんじんはどうしてモグラを殺そうとするのか？　それは自分を殺しているのである。モグラはにんじん自身なのだ。だから、いくら殺しても、死なないのである。これは猫についても同じである。にんじんはそこまで追いつめられている。一見、「残酷な行為をしている」ように見える、その時のにんじんの気持ちを思って、訳者は涙を禁じ得なかった。

だが、もしそうなら、お母さんだって同じなのではないか？　お母さんも幼少期、あるいは結婚生活で心に深い傷を受け、それがもとでにんじんを虐待しているのではないのか？　おそらく、そのとおりだろう。しかし、これはにんじんのお母さんの物語ではない。「虐待の連鎖」の話でもない。にんじんの物語だ。だから、この小説はいちばん愛情をもらいたい相手から虐待される子どもの話として、「にんじん、かわいそう」と思いながら、読んでいいのである。

なお、「猫」では、にんじんが「これまでにも自分の楽しみのために動物を殺したことがある」という記述が出てくるが、これは「おまえは残酷だ。楽しみのために動物を殺す」というお母さんの言葉を自分のなかに取り込んだからだと思う。前にも書いたとおり、いじめる相手の考えを操作するのは、モラル・ハラスメントの特徴のひとつなのである。

レジリエンス——虐待された子どもが辛い状態を生き抜く物語

というわけで、訳者は最初、この小説をひたすら「にんじんがかわいそうだ」と思って読んでいたのだが、にんじんは小説のちょうど半分あたりから、母親に反旗をひるがえすようになる。最初は「ブルータスのように」で、母親に対して「知的な優位」を示したことである。これはにんじんが父親との会話のなかで古典の引用をしたのが気に入らず、母親がにんじんを貶《おとし》めようとしたという話。にんじんは母親の攻撃にあってしどろもどろになりながらも、自分の知識がお兄さんやお姉さんよりも優れていることを示すのであるが、この見方からすると、最後の母親のセリフは、関係の変化を予感した母親の焦《あせ》りととることもできるだろう。その次ににんじんが母親に反抗するのは、マチルドを守ろうとして、母親から積極的に罰を受けようとすること(「マチルド」)。その次は、「釣り針」。これはいつものように母親が理不尽なのだが、にんじんはそれまでだったら、その理不尽を受け入れて、自分を悪者にしていたのに、この時はそうせず、また同情心も抱かず、母親に対する対抗策を考えている。

そして、きわめつけは、「自分の意見」「木の葉の嵐」「反抗」「最後の言葉」と題された終わりのほうの四つのエピソードである。この四つには、にんじんがいよいよ母親の支配を逃れ、母親と訣別《けつべつ》するまでの過程が描かれている。「自分の意見」では、暖炉で「根っこのついた切株」を燃やしているのが象徴的。家族のルーツは断ち切られて、にんじんは自分が母親には愛情を抱いていないことを、お父さんとお兄さんとお姉さんにほのめかす。「木の葉の嵐」では、にんじんは自分を葉っぱやしわくちゃになった紙つぶてに、そして母親を嵐にたとえていて、この嵐はいつか去って、自分は独立すると予感している。「反抗」はずばりそのもの、母親に対する反抗。そして、

「最後の言葉」では、お父さんもまたお母さんを愛していないと聞いて、心のなかで快哉《かいさい》を叫び、ようやく、にんじんは母親の呪縛《じゅばく》から逃れ、虐待を生き抜くことに成功するのである。ちなみに、この流れで読むと、実はにんじんの反抗は、「髪の毛」のところで準備されていたことがわかる。にんじんの髪の毛はいくらポマードで寝かせつけても、立ってきてしまう。この後の展開を予告するように、にんじんより先に髪の毛が反抗したのである。

このように、『にんじん』は「母親から精神的虐待を受けた少年が、その虐待を生き抜く話」なのだが、虐待を説明するキーワードとして〈モラル・ハラスメント〉という言葉を挙げたように、「虐待を生き抜く」ということでキーワードを挙げるとすれば、それは〈レジリエンス〉という言葉になるだろう。

レジリエンスとは、心理学、精神医学の用語で、「精神的回復力」「抵抗力」「耐久力」などと訳される。虐待にあった子どもがその状態を生き延びるためには、この力が備わっていることが大切だが、この力を持つにはいくつか条件がある。その条件とは、

・子どもが本を読んだり、文章を書いたりして、自分の置かれている状況を相対化できる。あるいはそれによって、一時的に現実から逃避できる

・日常生活のなかで、ちょっとした幸せを見つけることができる
・まわりに誰か支えてくれている大人がいる
などであるが、どうだろう？　こうして並べてみると、にんじんはまさにこの条件にあてはまっているではないか！　名付け親のおじさんを始めとして、「羊たち」に出てくるパジョルさん（ただし、このエピソードでは、にんじんが羊のお母さんを見て、自分のお母さんのことを思っているのが悲しい）、「シラミ」に出てくるナネット婆さん（ただし、ここでにんじんはお母さんをかばって、ナネット婆さんに悪態をつく。それがまた児童虐待の悲しいところだ）など、にんじんの反応はともかくとして、この小説の後半にはにんじんを支える人物が次々と登場してくる。お父さんもふたりだけで狩りに連れていってくれる。また、にんじんが読書好きで、文章を書く才能もあることはいくつかのエピソードで示されているし、にんじんは川遊びや、ウマゴヤシの野原でのお兄さんとの水泳ごっこ、そして、食べ残しのメロンを食べる時でさえ、日常生活のなかに小さな幸せを見つけることができる。つまり、にんじんにはレジリエンスが備わっていたのである。

　ということで、『にんじん』は「母親から精神的虐待を受けた少年が、その虐待を生き抜く話」なのであるが、こうした観点から全体を読みとおしてみると、この小説

はばらばらのエピソードを適当に並べたものではないことがよくわかる。ひとつひとつのエピソードは母親の虐待を示したり、にんじんのレジリエンスを示したり、あるいはその両方を示したりしていて、そこからはずれる話はひとつもない。「虐待を受けた少年がそれを生き抜く話」を軸に、すべてのエピソードが巧みな構成で、緊密につながっているのである。そのうえで、にんじんの悲しみや苦しみ、それから、その悲しみや苦しみのなかにある小さな喜びや楽しみ、悲しみや苦しみに耐える意志や勇気が繊細な筆致で描かれている。これはまさに文学である。虐待を受けながらも生き抜いていくにんじんの精神の深まりが、さまざまなエピソードを通じて、美しく、また多面的に描かれていく。『にんじん』の文学性はそこにある――と訳者は思う。

翻訳について

そういったことから、翻訳ではまず、虐待を受けたにんじんの悲しみが伝わるような訳し方をした。そのために、

1　セリフの部分が一部、戯曲のようになっているのを小説の形にした。

2　原文は基本的に動詞が現在形になっているが、それをすべて日本語の終止形にはしなかった。

3　全体ににんじんの視点にし、そのため「ルピック氏」、「ルピック夫人」を「お父さん」「お母さん」と訳した（ただそうなると、この小説がルピック家を舞台にしていることがわからなくなるので、冒頭に訳注のような形で一文を入れた）。また、原文をそのまま訳したのでは意味が伝わりにくいと思ったところでは、いくつか補足も行なった。

このうち1については異論もあると思うが、小説のなかに突然、戯曲の形式が出てくると、違和感があり、またにんじんからも距離ができるので、物語に没入できなくなると考え、あえてこの形をとった。ただし、最初から最後まで戯曲の形になっている「お芝居ふうに」だけは、原文の形式のままにした。2と3については、日本語とフランス語の「時の扱い方」のちがい、「視点の扱い方」のちがいから、日本語のほうに寄せるのは通常の翻訳の範囲だと思われる。この点、もし原文がどうなっているのか知りたければ、原作、もしくはあとでご紹介する既訳を参考にしていただきたい。

また、この1から3は、この作品が「大人になったにんじん」が子どもの頃のことをわざと距離をとって書いているものだと解釈するなら、原文の形のまま訳すことも可能である。実はその解釈をもとに、その訳し方も選択肢に入れたのだが、今回は「にんじんの悲しみ」を読者に伝えるため、前記のようなやり方をとった。まずは何よりも、「にんじんの悲しみ」を読者にもしっかりと受け止めてもらいたかったからである。「大人になったにんじん」から見て、「子どもの頃のにんじん」に距離をとった訳は、いつかどなたかが素晴らしい訳をつくってくださることだろう。それに期待したい。

作者のジュール・ルナールは一八六四年生まれ。十七歳の時にパリに出て、創作活動を行なう。一八八九年に、雑誌、『メルキュール・ド・フランス』を中心メンバーとして創刊。以降、三年間、この雑誌に多くの文学批評や創作作品を発表する。一八九二年に『ねなしかずら』、一八九四年には『にんじん』、一八九六年には『博物誌』を上梓《じょうし》し、有名作家となる。『にんじん』は自身の少年の頃の体験をもとにしたもので、おそらくこの体験は大人になっても、ルナールの心に深い傷を残していたと思われる。死後に出版された『日記』を愛読書に挙げるフランスの精神科医クリストフ・アンドレによると、自己評価は低かっただろうという。これは子どもの時に辛い経験をした人に多く見られる特徴である。

翻訳にあたっては、岸田国士訳（岩波文庫）、窪田般弥訳（角川文庫）、佃裕文訳

（『ジュール・ルナール全集3』臨川書店）を参考にした。具体的には、一篇訳すごとに訳書を拝見して誤読をチェックするという形をとったのだが、そのおかげでいくつかの読みちがいに気がつくことができた。先達の素晴らしい業績に感謝したい。また、何よりも訳者に新潮文庫での出版を勧めてくださった新潮社の若井孝太氏、ご担当くださった杉原信行氏、川上祥子氏、校閲してくださった古賀容子氏にも感謝の気持ちを捧《ささ》げたい。とりわけ、川上氏からは訳文作成上、さまざまなアドバイスをいただいた。ここに深くお礼申しあげる。

この本を読んだ方が訳者と一緒に、にんじんのために涙を流してくだされば嬉《うれ》しく思う。虐待を受けた子どもは悲しい。誰かがその子のために泣いてやらなければならないのである。

高野　優

二〇一四年八月

本作品中には、今日の観点からみると差別的な表現がありますが、作品自体の文学性、芸術性に鑑み、原文どおりとしたところがあります。

（新潮文庫編集部）

ルナール
岸田国士訳
博物誌

澄みきった大気のなかで味わう大自然との交感——真実を探究しようとする鋭い眼差と、動植物への深い愛情から生み出された65編。

モーパッサン
新庄嘉章訳
女の一生

修道院で教育を受けた清純な娘ジャンヌを主人公に、結婚の夢破れ、最愛の息子に裏切られていく生涯を描いた自然主義小説の代表作。

モーパッサン
青柳瑞穂訳
脂肪の塊・テリエ館

“脂肪の塊”と渾名される可憐な娼婦のまわりに、ブルジョワどもがめぐらす欲望と策謀の罠——鋭い観察眼で人間の本質を捉えた作品。

青柳瑞穂訳
モーパッサン短編集（一～三）

モーパッサンの真価が発揮された傑作短編集。わずか10年の創作活動の間に生み出された多彩な作品群から精選された65編を収録する。

モリエール
内藤濯訳
人間ぎらい

誠実であろうとすればするほど世間とうまく折り合えず、恋にも破れて人間ぎらいになっていく青年を、涙と笑いで描く喜劇の傑作。

堀口大學訳
コクトー詩集

新しい詩集を出すたびに変貌を遂げた才気の詩人コクトー。彼の一九二〇年以降の詩集『寄港地』『用語集』などから傑作を精選した。